झुण्ड से बिछुड़ा

(उपन्यास)

वाणी प्रकाशन
नयी दिल्ली-110002
फोन : 23273167, 23275710 । फैक्स : 23275710
e-mail : vani_prakashan@yahoo.com
vani_prakashan@mantraonline.com

झुण्ड से बिछड़ा

विद्यासागर नौटियाल

वाणी प्रकाशन का 'लोगो'
विख्यात चित्रकार मक़बूल फ़िदा हुसैन की
कूची से

ISBN 978-81-8143-682-5

संस्करण : 2008

मूल्य : सजिल्द : 150.00
पेपरबैक : 75.00

वाणी प्रकाशन
21-ए, दरियागंज, नयी दिल्ली-110002
द्वारा प्रकाशित
इण्डियन प्रेस प्रा. लिमिटेड, इलाहाबाद
में मुद्रित

Jhund Se Bichura (Novel)
by Vidya Sagar Nautiyal

पहाड़ के आदमी
और उसके जीव-जगत के
अनोखे जानकार : जिम कॉर्बेट,
श्रीराम शर्मा और मुकुन्दीलाल बैरिस्टर
को सादर समर्पित

विद्या सागर नौटियाल

झुण्ड से बिछुड़ा

(उपन्यास)

[बघ्वा = कई लोगों को बाघ के दिखाई देने पर, या कहीं आस-पास से उसके शरीर से निकलने वाली तीखी, नाक के रास्ते प्रवेश कर पूरे शरीर को फाड़ देने, पस्त कर देने वाली दुर्गन्ध को सूँघते ही बघ्वा लग जाता है। जिसे बघ्वा लगता है वह होश-हवाश गवाँ बैठता है। बघ्वा के प्रभाव में कुछ दिल के कमज़ोर लोग बेहद डर जाते हैं और उनके मुख से "ह्या ऽ ऽ ह्या ऽ ऽ ह्या ऽ ऽ ह्या ऽ ऽ" जैसी इकहरी, कातर, ऊल-जलूल आवाज़ें निकलने लगती हैं।

और कइयों की बोलती बन्द हो जाती है।

लोग ऐसे किस्से भी सुनाते हैं कि कई बार ऐसा भी हुआ कि बघ्वा-प्रभावित आदमी बाघ की ओर ख़ुद ही खिंचता चला गया। मस्त चाल से चलते जा रहे बाघ के पीछे-पीछे उसे दौड़ लगाते देखा गया।]

❑

सुबह वह बहुत तड़के जाग गया था। कल रात बिस्तर पर लेटे-लेटे शतरू इस बात पर बिचार करता रह गया कि अलस्सुबह किस दिशा में प्रस्थान करना ठीक रहेगा। सोचते-सोचते वह कई तरह की समस्याओं में उलझने लगता। वह कोई ठीक-ठीक निर्णय नहीं कर पा रहा था। इस विषय में किसी दूसरे से पूछ लेने या मदद लेने की कोई गुंजाइश नहीं होती। ऐसे कार्य को सम्पन्न करने का निर्णय ख़ुद ही लेना होता है। अकेले। एकदम एकान्त में। प्रस्थान करने से पहले या प्रस्थान करते वक़्त किसी दूसरे को, करीबतर दोस्त को भी नहीं बताया जाता। बेमतलब ढिंढोरा पीटना ठीक नहीं होता। उस बात की जानकारी किसी दुश्मन को तो हरगिज़ नहीं दी जा सकती। उसे तो पता न लग सके, कतई आभास ही न हो, इस बात की पूरी कोशिश करनी पड़ती है। ऐन मौके पर किसी के मुँह से कोई टेढ़ी-मेढ़ी, अगड़म-सगड़म, उल्टी-सीधी बात निकल बैठे। या आप घर से बाहर बटिया पर पाँव धर रहे हैं, कहीं आधे रास्ते में हैं, और तब तक कहीं से किसी की 'आक्छीं!' हो गया न गुड़ गोबर? आक्छीं नहीं होना चाहिए। उससे पूरे दिन के ही नहीं, पूरी यात्रा के ही गड़बड़ हो जाने की आशंका पैदा हो जाती है। वह उद्देश्य जिसके लिए घर छोड़ कर प्रस्थान किया जा रहा है, उसके सिद्ध होने में कोई भारी अड़चन पैदा हो सकती है। वह अकेली छींक मन में सन्देह पैदा कर देती है—कार्य सिद्ध नहीं हो सकता। दिन भर भटको, दो-दो दिन तक भटकते रह जाओ, हासिल कुछ भी नहीं।

ऐसे अवसर पर घर से प्रस्थान करते समय किसी भी तरह पैदा हो जाने वाली छोटी-से-छोटी विघ्न बाधा की याद बाद में, घर से निकल कर कहीं दूर पहुँच जाने पर, रह-रह कर आने लगती है। पाँव आगे धरे जा रहे हैं और दिमाग़ गाँव में ही पहुँचता जा रहा है। उसी जगह पर पहुँचता जा रहा है, जहाँ पर वह आक्छीं सुनाई दी थी। दिमाग़ पर लगातार हथौड़े मारने लगती है किसी की नाक से बाहर निकली उस भयानक आक्छीं की याद। भुलाए नहीं भूलती। किसी और चीज़ में मन ही नहीं लगता। कोशिश करो कि किसी अच्छी चीज़ की, किसी मनभावक स्थान की, अपने किसी प्रिय-जन की, किसी विलक्षण घटना की, किसी तीज की, बार-त्यौहार की याद आये। लेकिन नहीं। वैसा क्यों होना है। दिमाग़ में तो वही छींक भर गयी है। किसी पक्की लीक की तरह याद तो बस उसी मनहूस की बदशकुनी छींक की आती जा रही है। और अगर वह अपना कोई बैरी-दुश्मन हुआ तो उसकी छींक की याद तो और भी बुरी लगने लगती है और बेवजह सताने, परेशान करने लगती है। तोपची के दिमाग़ के भीतर जान-बूझ कर छींक की गोली दाग़ जाने वाला वह बैरी, हो सकता है, इस वक़्त मज़े में अपने घर पर बैठा होगा। बड़े आराम से अपने बाल-बच्चों के बीच बैठा होगा। छज्जे के ऊपर ठाठ से हुक्का गुड़गुड़ा रहा होगा या तिवारी में ख़ूब भरे हुए, छुलबुल गिलास को हाथ में उठाये गरम-गरम, मीठी-मीठी चाय सुड़क रहा होगा। अपने दुधमुँहे बेटे या नाती को गोद में ले कर उसे मुलमुल हँसाते हुए मज़े में ख़ुद भी हँसता जा रहा होगा। लेकिन उसकी अकेली छींक की याद तलवार का काम करने लगी है। काट कर रख देती है पूरी देह को। मिटाये नहीं मिटती।

वह बैरी, गाँव भर का वह अकेला, कुख्यात बैरी, अच्छी तरह जानता है कि उसकी वैसी हरकत का क्या असर हो सकता है। दुश्मन के कहीं प्रस्थान करने की भनक पड़ते ही ऐन वक़्त पर वह जान-बूझ कर उधर आ जाता है। बोलेगा कुछ नहीं। कोई रामा-कृष्णी नहीं। रामा-कृष्णी तो उससे है ही नहीं। आयेगा और जान-बूझ कर, सोची समझी चाल के मुताबिक, गर्दन झुकाये पाँच नपे-तुले, लम्बे, सधे कदम चल कर उसका रास्ता काट जायेगा। एऽऽएऽऽएऽऽक, दोऽऽओऽऽओऽऽओ, तीऽऽईऽऽईऽऽईऽऽन, चाऽऽऽर, पाँऽँऽँऽँच। और उसके बाद, अपनी योजना को अंजाम देने के बाद, ख़ुशी-भरे तन-बदन को लहराता हुआ, गर्दन को ऊँची करके वहाँ से अपने घर की ओर लौट जायेगा। दस बिल्लियों के एक साथ रास्ता काटने का वैसा मारक, तारी प्रभाव नहीं हो सकता जैसा कि बटिया की चौड़ाई के दोनों छोरों को छू जाने वाले उस बैरी के पाँच डगर पैदा कर जाते हैं। उससे यह नहीं पूछा जा सकता कि तू इस वक़्त यहाँ क्यों आया था, अब कहाँ जा रहा है। कहीं और आगे जाने के लिए इधर आया था तो अब क्यों नहीं जा रहा है आगे? यह क्या बात हुई कि मेरा रास्ता काटा और वापस मुड़ लिये? यहीं से, इस मुकाम से वापस क्यों जा रहा है? कुछ पूछने का सवाल ही पैदा नहीं होता। मालूम है कि वह अपने स्वभाव से मजबूर है और कि इस वक़्ता उधर क्यों

प्रकट हुआ है। वह तो जानबूझ कर आता है और रास्ते को एक बार, सिर्फ़ एक बार अपने पाँच डगर से काट कर वापस चला जाता है। उसे घर से बाहर कहीं प्रस्थान थोड़े ही करना है। यह बात उसे बहुत अच्छी तरह मालूम है कि गाँव भर में, गाँव के कुल निवासियों के मन में उसे सिर्फ़ दुर्जन ही नहीं, अपशकुनी भी माना जाता है। उसके पास कोई एक सद्गुण नहीं। अपशकुनी है और अपने अपशकुनी होने का फ़ायदा उठाने की फ़िराक में लगा रहता है। उसका तो एकमात्र उद्देश्य यह होता है कि जिसका रास्ता काट रहा है उसके कार्य सिद्ध न होने पायें। कोई न कोई बिघ्न-बाधा खड़ी हो जाय। वह अपनी ही उलझनों में फँसता चला जाय। किसी दूसरे आदमी के काम में बाधा पैदा हो जाने से उसे क्या हासिल होता है? वैसी बाधा पैदा हो जाने से उसकी तबियत हरी हो जाती है। दूसरों के दुःखी हो जाने से उसे कुदरतन अतीव सुख, भरपूर आनन्द और चैन मिलता है। सुबह-सुबह किसी का रास्ता काट देने पर उसे अपना पूरा-का-पूरा दिन सुधरता हुआ नज़र आने लगता है। दुष्ट ऐसा कि अगर किसी के शुभ-प्रस्थान के मौके पर वह उस रास्ते के इतना नज़दीक नहीं हुआ कि बिल्ली की तरह सिर्फ़ पाँच कदम चलने के बाद वह आसानी से अगले का रास्ता काट सके तो ऐन मौके पर काफ़ी दूरी से ही अपनी नाक की गुफाओं से उबाल कर एक ज़ोर की 'आक्छीं' उधर को भेज देगा। ऐसे मौके पर जानबूझ कर पठायी गयी उसकी एक छोटी-सी, कृत्रिम छींक भी बहुत बड़ा काम कर जाती है। एक असली गोली की मार।

गोली भी तो दूर से ही दाग़ी जाती है। कभी-कभी काफ़ी दूर से। कच्ची सुबह के मौके पर कई घण्टे पहले दाग़ी गयी छींक की वह गोली ख़ास तौर पर उस ऐन मौके पर दिमाग़ पर हथौड़े बजाने लगती है जब साँस रोक कर बन्दूक के घोड़े के हलके से दबाए जाने से पेश्तर, काफ़ी अदृश्य, सुरक्षित स्थान से ताके जा रहे जानवर को अचानक कोई भनक लग जाती है और चौकड़ी भरता हुआ, आनन फानन में नज़रों के घेरे में आरक्षित वह शिकार, शिकारी की आँखों से ओझल हो उठता है।

❒

दुश्मन को अपने गाँव से काफ़ी दूर जाना था। गाँव के बहुत करीब या उससे थोड़ा दूर के इलाके में उसे शिकार के नाम पर कुछ ख़ास नहीं मिल सकता। कोई ख़ास चीज़ नहीं। कोई ढंग का जानवर नहीं। ख़रगोश मिल सकता है। ख़रगोश को कोई शिकार नहीं माना जा सकता। वह मजबूरी का एक 'कुछ नहीं तो यही सही' होता है। गाँव से काफ़ी दूर, आबादी क्षेत्र से बाहर, खेती के इलाके से बाहर, गाँव के लोगों के घास-लकड़ी के जंगलों और पशुओं के चरान-चुगान के इलाके से भी बाहर जाना था। इतना दूर निकल जाने के बाद ही कुछ हाथ लग सकता था। कोई ठीक तरह का, ढंग का शिकार। घने, बन्द-जंगल में पहुँच जाने के बाद। अच्छे जानवर आम तौर पर, सामान्य परिस्थितियों के कायम रहते, इन्सानी बस्तियों में प्रवेश नहीं करते। दो मील की खड़ी चढ़ाई चढ़ कर

उसे रिखागैर पहुँचना था। आकाश को बेंध रहे दो पहाड़। सदियों से स्थायी तौर पर एक-दूसरे के आमने-सामने खड़े। उनके बीच ज़मीन से आसमान तक का फ़ासला निश्चित है। अपने तल पर वे दोनों एक-दूसरे के करीबतर रहते आये है। लेकिन ज्यों-ज्यों आकाश की ओर बढ़ते हैं, उनके बीच फ़ासले बढ़ते जाते हैं। समाज में रहने वाले सामान्य लोगों की भी यही स्थिति रहती है। अपने बचपन में या बालकपन में, जब वे अपनी जड़ों के करीब रहते हैं, वे सब पास-पड़ोस के हमवयस्क बालकों के अभिन्न बने रहते हैं। लेकिन उम्र के बढ़ने के साथ उनके बीच के फ़ासले बढ़ने लगते हैं। आमने-सामने खड़े दो पहाड़ों की चोटियों की तरह उनके बीच की आपसी दूरियाँ विस्तारित होती जाती हैं। और जो बड़े हो कर आर्थिक तौर पर अन्य लोगों की स्थिति से ऊपर हो जाते हैं, वे उनसे उतने ही दूर भी होने लगते हैं। तब वे अपनी निराली दुनिया के निवासी बन जाते हैं। दूसरे लोगों से उन्हें कोई वास्ता नहीं रह जाता। अपने बचपन, बालकपन की यादों को भुलाने की कोशिश में लग जाते हैं। यह एक सामान्य नियम है—जो जितना बड़ा होता जाता है अपने लोगों से उतनी ही दूर छिटकता चला जाता है। जिसका सर बेहद ऊँचा हो जाता है, उसकी नज़रें बाहरी दुनिया की ओर देखने लगती हैं। दोनों पर्वत अधबीच में एक बिन्दु पर आपस में मिलते हैं। वहाँ कुदरती तौर पर बनी हुई घोड़े की पीठ की तरह एक सँकरी घाटी दिखायी देती है। लोग उस घाटी को रिखागैर नाम से जानते हैं। उस सँकरी घाटी की राह पर खड़े हो कर पहाड़ के दोनों ओर के नज़ारे देख लो। दोनों ओर की घाटियों के ऊपर से नीचे तक के नज़ारे। और वहाँ से, सिर्फ़ वहीं से, उन पहाड़ों की चोटियों को पार किया जा सकता है। वहाँ से बाहर निकला जा सकता है या घर की ओर लौटा जा सकता है। रिखागैर पहुँच जाने के बाद उन दोनों पर्वतों के पीछे की ओर उतरा जा सकता है। रात में बिस्तर पर लेटे-लेटे उसने अपनी आँखें बन्द कर लीं। गम्भीर विचार में खोया हुआ-सा वह पहले अपने घर से बाहर निकला। फिर चलते-चलते उसने गाँव के आबाद क्षेत्र को भी पीछे छोड़ दिया। रिखागैर की चढ़ाई के उस बिन्दु पर पहुँच जाने के बाद कहीं और आगे बढ़ने के बजाय वह वहीं पर थम गया था।

अब वहाँ से नीचे दूसरी ओर उतरने की बात थी। उतरने से पहले उसे यह अहम निर्णय लेना था कि वह किस दिशा में आगे बढ़े। बायें हाथ की ओर या दाहिनी दिशा में। किधर को पाँव बढ़ाये? तोपची को अपने सब काम ख़ूब अच्छी तरह सोच-विचार कर करने होते हैं। गोली हवा में नहीं चलायी जा सकती। किसी जंगली जानवर को डरा कर, उसे वहाँ से महज़ भगा देने के लिए, नहीं चलायी जाती गोली। शिकार को तो पता भी नहीं चलना चाहिए कि उसे निशाना बनाया जा रहा है। कि दिल थाम कर, अपने सीने के भीतर उठती-गिरती साँसों को जब्त करते हुए, अपना सब कुछ भुला कर, बेहद सतर्क नज़रों से कोई उसे ताकता जा रहा है। लगातार ताकता जा रहा है। अपने तन को छुपा कर, उसपर नज़रें गड़ाये, घात लगाये कहीं दुबका बैठा है उसकी जान का दुश्मन एक शिकारी।

❐

शिकार के बदन पर दाग़नी होती है गोली। तन्न से। सीधे उसके बदन पर। और शिकार इस इन्तज़ार में बैठा नहीं रहता कि आ तोपची! उठा बन्दूक। कर ले अपनी एक आँख को बन्द। अब ठीक तरह से रोक ले अपनी साँस और धैर्यपूर्वक, ध्यान लगा कर, बन्दूक की नोक को और मेरे शरीर को एक-रूप, एक-बराबरी पर देखते हुए साध ले मुझ पर निशाना। और हाँ! ठीक, ठीक, शाबाश! अब दाग़ दे तू गोली। ऐसी फ़ुरसत की तलाश में रहे तो हो चुका शिकार। इधर बन्दूक उठी नहीं कि उधर शिकार नज़रों से ओझल। उसी फुर्ती से ग़ायब जिस फुर्ती से तोपची उसपर गोली दाग़ना चाहता था। कई शिकार तो यों ओझल हो जाते हैं कि यह भी पता नहीं लग पाता कि उस स्थान से हट कर वे आख़िर गये तो किस ओर गए। इस बीरान पर्वत पर कोई जादू हो गया भाई? अभी-अभी तो वह मेरी नज़रों के एकदम सामने था। उसपर ठीक तरह से नज़रें टिका कर, उसपर निशाना साधने के लिए, मैंने अपनी बन्दूक को हाथों के बीच में टिका कर, उसे सीधा करना चाहा था। और मेरे पलक मारते ही ग़ायब? घर से मेरे प्रस्थान से पहले सुबह-सुबह मेरे बैरी ने छींक जो दिया था!

❐

उस दिन बेदू ने यही बात खोल कर कह दी थी।

-भाई! मैंने तो रात के झुसमुसे में जिस वक़्त उस दुष्ट की आक्छीं सुनी मेरे मन में उसी वक़्त काँटा बैठ गया था कि आज पता नहीं क्या होने वाला है।

-अभी-अभी तो यह हमारी तरफ पीठ करके पत्थर के ऊपर खड़ा हो कर बहुत मज़े में, गर्दन को ऊँचा कर, अपने सामने ताक रहा था बेदू! हमारी ओर से किसी किस्म का शोर शब्द भी नहीं किया गया। लेकिन आनन-फानन में उसने पत्थर के ऊपर से छलाँग लगाई और ये जा, वो जा।

-कभी-कभी मेरे मन में आता है कि अँधियारे में जब वह हमारा रास्ता काट कर वापस जाने लगता है तो तन्न से एक गोली दाग़ कर उसका काम तमाम कर दिया जाय। गाँव वाले भी ख़ुश हो जायेंगे कि हमेशा-हमेशा के लिए रोग मिट गया।

-इस तरह का ग़ुस्सा ठीक नहीं होता बेदू! ऐसे लोग अपनी करनी का फल ख़ुद ही भोगने लगते हैं। हमें सिर्फ़ अपने कामों से मतलब रखना चाहिए।

-लेकिन हमारा शिकार तो ग़ायब हो गया भाई?

-बेदू! अगर सुबह के मौके पर उसने रास्ता न काटा होता तो शिकार उसी पत्थर के ऊपर खड़ा रहता कि लो भई तोपची लोगों, दाग़ लो मुझ पर गोली? शिकार भाग गया का मतलब होता है शिकारी के हुनर में कोई कसर बाकी रह गयी। इससे ज़्यादा परेशान होने की ज़रूरत नहीं है। अपने को साधने की ज़रूरत है।

उसके बाद उन दोनों ने उस बारे में और कोई बात नहीं की। आख़िर में घर लौटते वक़्त उनके सामने एक ख़रगोश प्रकट हो गया। दुश्मन ने बन्दूक बेदू को थमा दी।

-ले, आज़मा ले अपना निशाना।

दुश्मन अब ख़रगोशों का शिकार नहीं करना चाहता। बेदू को भी अपना हाथ साधने का मौका दिया जाना चाहिए। शिकारी का हाथ ऐसे ही सधता है। दूसरे को गोली दाग़ते देख कर नहीं, अपने हाथ में बन्दूक थाम कर गोली चलाने पर सधता है शिकारी का हाथ।

अपने ख़यालों में रिखागैर पहुँच जाने के बाद वह वहीं पर थम गया था। स्थिर हो गया था। आगे की राह के बारे में कुछ तय कर पाना उसे कठिन लग रहा था। बायें हाथ की ओर चलने पर नीचे घाटी में पहुँचा जा सकता है। वहाँ मरगदना पार करना होगा। आमने-सामने खड़े दो विराट पर्वतों के बीच आदिकाल से सीमा-रेखा का काम करता हुआ, उनके तल पर बहता जा रहा ठण्डे पानी का एक गधेरा। एक मामूली नाला। यह नाला सिर्फ़ पर्वतों को नहीं बाँटता, दोनों तटों पर रहने वाले गाँवों को, वहाँ की बस्तियों को, पट्टियों को और यहाँ तक कि उन क्षेत्रों में रहने वाले लोगों की बोलियों, रहन-सहन, वेश-भूषा और उनके दैनिक व्यवहार और सभ्यताओं तक को बाँट देता है। उनके बीच के भौगोलिक विभाजन की सीमाबन्दी यही कुदरती नाला करता है। गधेरे को ख़ुद नहीं मालूम कि उसके बहते पानी को आर-पार करने की कोशिश में, अपने पाँवों से जान-बूझ कर वहाँ आ कर फिसल जाने वाले, ग़लती से उसके अन्दर गिर जाने या ज़बर्दस्ती फेंक दिये जाने वाले अनगिनत, मर्द-औरतों, पशु-पक्षियों के ज़िन्दा-मुर्दा शरीरों को और बहुत सारी दूसरी चीज़ों को अपने पानी में बहाते रहने के अलावा वह और कितनी महत्वपूर्ण ज़िम्मेदारियाँ भी निभाता रहता है।

उस दिन सुबह-सुबह पंचम जंगल जा रहा था। सामने के गाँव से, पाली से, इस ओर के पूरे नज़रे दिखाई देते रहते हैं। दोनों पहाड़ों के सीनों पर करीब-करीब बराबरी की ऊँचाई पर आमने-सामने बसे हुए दो गाँव हैं पाली और दाली। दोनों के बीच में, उनके तल पर, हरदम मौजूद रहता है मरगदना। एक गवाह भी और जामिन भी। मरगदना के आर-पार एक ओर के तट से पाली गाँव की शुरुआत हो जाती है, दूसरे तट से दाली की। दोनों गाँवों से एक-दूसरे के घरों की एक-एक चीज़, एक-एक आदमी या औरत, बच्चे और यहाँ तक कि कुत्ते और मवेशी भी ख़ूब अच्छी तरह पहचानने में आ जाते हैं। एक गाँव में कोई ज़रा ज़ोर से बोल दे, वह आवाज़ सामने बसे दूसरे गाँव में वहाँ के कुल निवासियों को साफ़-साफ़ सुनाई दे जाती है। उन सबकी हरकतें साफ़-साफ़ दिखायी देती रहती हैं।

अचानक वहाँ घिमतू आ पहुँचा था अपनी राह पर सीधे भाव से चलते जा रहे पंचम के पास। बीच रास्ते में पहुँच कर खड़ा हो गया घिमतू—बोल? है कुछ मर्ज़ी। पंचम के पीछे-पीछे उसकी घरवाली भी आ रही थी। वे दोनों हमेशा की तरह कुछ घास-पात लेने वन की ओर जा रहे थे। घिमतू को उस हालत में खड़ा देख पंचम के होश उड़ गए। उसके

मुँह से कोई बोल निकल सके उससे पहले घिमतू ने धक्का मार कर पंचम को ज़मीन पर गिरा दिया। पीछे से पंचम की औरत हल्ला मचाती हुई आगे बढ़ी और अपने पति के पास आ कर खड़ी हो गयी। ज़मीन से उठने की कोशिश में लगे पंचम को घिमतू धमकाने लगा था

-बेटे! कछेड़ी की तरफ हेरने भी जायेगा तो यह बात याद रख ले, वहाँ से सही सलामत घर नहीं लौट पायेगा।

घिमतू को मालूम हुआ है कि अदालत में उसके ख़िलाफ़ चल रहे एक फ़ौजदारी मामले में सरकार की ओर से पेश किये जाने वाले गवाहों की सूची में पंचम का नाम भी शामिल है। कचहरी में उसके वकील ने उसे कुल सरकारी गवाहों के नाम गिनाये थे। वकील को कोई सपना थोड़े ही होता कि किसके मामले में कौन-कौन गवाह होंगे। हमारे गाँव वालों के नाम कचहरी में बैठने वाला वकील कैसे जान सकता है? वकील को चुपके-चुपके, किसी सुराख़ानी से, नहीं हुई थी गवाहों के नामों की जानकारी। उसके वकील को बाकायदा, नियमानुसार, अदालत की ओर से एक काग़ज़ दिया गया था। उस काग़ज़ पर गवाहों के नाम दर्ज थे। मामला पटवारी पिल्ला के क्षेत्र का है। उस मामले में पटवारी सिल्ला कुछ नहीं कर सकता। सिल्ला-पिल्ला के दोनों पटवारियों की आपस में कोई अनबन नहीं। दोनों एक-दूसरे के दोस्त हैं। दोनों को पुलिस की पावर मिली हैं। ऊँचे पर्वतों से घिरे हुए गाँवों में थानेदार का रुतबा है दोनों का। लेकिन अपनी-अपनी पट्टियों को दोनों अपने-अपने ढंग से सँभालते हैं। पटवारी पिल्ला देवेश्वर जोशी बहुत अच्छी तरह इस बात से भी वाकिफ है कि घिमतू सिल्ला पट्टी के पटवारी रघुवीरसिंह का ख़ास आदमी है। फिर भी उसने घिमतू के ख़िलाफ़ एक फ़ौजदारी केस दायर कर दिया है।

❐

इस पार, किसी आदमी-औरत-बच्चे का कत्ल किया गया, कोई चोरी की घटना हो गयी, जारी की गयी, किसी भी तरह का कोई ग़ैरकानूनी काम किया गया या कि चीन से मिलने वाले सीमान्त इलाके की जनता के बीच, अपनी आदत से मजबूर कोई स्थानीय कम्युनिस्ट कार्यकर्ता प्रशासनिक अधिकारियों की मनमानी, नादिरशाही हरकतों के ख़िलाफ़ कोई आवाज़ उठाने की जुर्रत कर बैठा तो पटवारी सिल्ला उसकी तफ़तीश करेगा। उसकी जुम्मेदारी है कि किसी तरह उस कार्यकर्ता की बक-बक बन्द करवा दे। जनता के बीच वह जो बात बोलता रहता है वह सही हो या सही न हो। लेकिन तफ़तीश के बाद पटवारी के हाथ से कार्यकर्ता के ख़िलाफ़ रिपोर्ट वैसी ही जायेगी जैसी लखनऊ में बैठे मन्त्री जी भिजवाना चाहते हैं। उसे मामले की असलियत का बयान नहीं करना है, अपनी नौकरी को बचाए रखने की चिन्ता करनी है। और अपने मामले में मुलज़िम घिमतू भी निश्चिन्त है। उसे पूरा भरोसा है, थोड़े दिनों की परेशानी होगी। लेकिन उसका बाल बाँका नहीं हो

सकता। मामले का निपटारा उसके हक में ही होगा। पटवारीजी घिमतू के अपने आदमी हैं। या वह पटवारीजी का ख़ास आदमी है। वह जो कुछ भी करता है पटवारीजी की मर्ज़ी से, उनके (और अपने साझे) फ़ायदे के लिए करता है। उनके आदेश के मुताबिक करता है। और गधेरे के उस पार की घटना है तो पटवारी सिल्ला चाहते हुए भी अपने परम प्रिय पात्र घिमतू की रक्षा नहीं कर पायेगा। मामला पटवारी पिल्ला के क्षेत्र का है। इसलिये तफ़तीश वही पटवारी करेगा। मुलज़िम को बाँध कर सीधे जेल के भीतर पहुँचाए जाने के लिए पटवारी का चपरासी सुबह-सुबह हथकड़ियाँ और डोरी ले कर घिमतू के घर के आँगन में आ कर खड़ा हो गया है।

-घिमतू है घर पर?

❒

मरगदना—यानी एक मरा हुआ नाला। इस नाम का उच्चारण सुन कर आम सुनने वाला ऐसा ही समझेगा। लेकिन इस मृतक लग रहे नाम से किसी को कोई मुग़ालता नहीं होना चाहिए। वैसा एकदम मरा हुआ, मृतप्राय नहीं है मरगदना, जैसा कि उसके नाम से जाहिर होता है। मर का मतलब मरा हुआ नहीं है, मारक है। मारने वाला। अपार शक्ति का धारक। परम शक्तिशाली। सभी प्रकार की शक्तियों का श्रोत है मरगदना। तमाम हाकिमान और कर्मचारियों, आर-पार के गाँव के निवासियों की शक्तियों का उद्‌गम मरगदना से होता है। उसे देख कर मिलती है सम्बन्धित लोगों को शक्ति। इस पार या उस पार। उसे देख कर उठती हैं, मन में, कुछ कर बैठने की हिलोरें। मरगदना सिर्फ़ ज़मीन पर नहीं बहता। उसकी विभिन्न मौसमी स्थितियों से परिचित अनगिनत लोगों के दिमाग़ों में, सरकारी काग़ज़ात में, आलमारियों में बन्द कर दिये गये नक्शों पर भी उसका पानी लगातार बहता रहता है। काग़ज़ को फैलाते ही, नक्शे को खोलते ही देखने के ज़रूरतमन्द लोगों को दिखाई दे जाता है सर-सर, सर-सर बहता हुआ मरगदना। आगे की बातें उसे देख लेने के बाद शुरू की जा सकती हैं। मरगदना बताता है कौन इस ओर का हाकिम, कौन उस ओर का। किस तरफ के निवासी काश्तकारों को पुरखों के ज़माने से किस-किस तरह के हकूक हासिल हैं। कोई संशय की बात बाकी नहीं रह जाती। कोई तकरार हो ही नहीं सकती। मरगदना बीच में बह रहा है तो जंगलों की सीमाएँ धरती पर मज़बूती से गड़ी हुई हैं। सीमा को निर्धारित करने के लिए वहाँ अलग से कोई सीमा-पत्थर लगाने की कभी ज़रूरत नहीं पड़ती। सरकारी काग़ज़ात में हर गाँव के वन सम्बन्धी हकूक, आज़ादी से भी पहले से, राजाओं के जमाने से ही, पूर्व निर्धारित हैं। सरकारी काग़ज़ात में मरगदना के इस ओर और मरगदना के उस ओर रहने वालों के जंगल आपस में बाकायदा बँटे हुए हैं। उनके घास के रकबे, काश्त की लकड़ी के क्षेत्र, पठालखानें, माटाखानें सब कुछ अलग-अलग दर्ज हैं। किस गाँव के लोग कहाँ-कहाँ तक, लम्बाई-चौड़ाई में कहाँ से कहाँ तक घास-लकड़ी काटने, अपने मवेशियों से चरान-चुगान करवाने के

कानूनी तौर पर हकदार हैं, किस वन से सम्बन्धित अधिकारों से लैस हैं—इस बात को जानने के लिए किसी और को पूछ लेने की कोई ज़रूरत नहीं पड़ती। फैले हुए नक्शे पर बहता हुआ मरगदना सब कुछ ख़ुद ही खुलासा कर देता है।

मरगदना को पार कर लेने के बाद सामने के पर्वत के शिखर तक की चढ़ाई चढ़नी होती है। कुछ ऊँचाई पर पहुँचने के बाद ही अपनी डार से बिछुड़ जाने वाले, अकेले छूट जाने वाले किसी घोल्ड[1] (हिरन) की शिकार के लिए तलाश की जा सकती है। एक ऐसा घोल्ड जिस पर शिकारी बेधड़क हो कर गोली दाग़ सकता है। डार में रहने वाले, साथियों के साथ शामिल हो कर चलने, मौजूद रहने वाले घोल्ड पर गोली नहीं दाग़ी जा सकती। दाग़ी जा सकती है, लेकिन दाग़ी नहीं जाती। बन्दूक का हुक्म होगा तो वह अपना काम करेगी ही। एक गोली को दाग़ कर उस शिकार का काम तमाम कर देगी। लेकिन शिकारियों की बिरादरी के बीच वह काम रस्म-रिवाज और उनके कायदे के ख़िलाफ़ माना जाता है। पहाड़ों के उन शिखरों में डार पर गोली चलाना पर्वतीय शिकारियों के सर्वमान्य, परम्परागत कायदे के ख़िलाफ़ होता है। शिकारी मानते हैं कि डार पर गोली चलाओगे तो गोली से शिकार का काम तमाम कर लेने के बाद तुम्हारी बन्दूक रूठ जायेगी। हमेशा-हमेशा के लिए रूठ जायेगी। तुम्हारी अपनी बन्दूक हो जायेगी तुम्हारे ख़िलाफ़। बन्दूक ही रूठ गयी तो शिकारी को और कौन सहारा दे सकता है? तब किस बात के तोपची? बन्दूक का रूठ जाना तोपची के लिए सबसे बुरी सज़ा है। मौत जैसी सज़ा।

बन्दूक के भी अपने कायदे होते हैं। बन्दूक की सहायता से अपना काम सिद्ध करना चाहते हो तो उसके कायदों को पूरी तरह मानते रहना पड़ेगा।

हर मौके पर उन कायदों की रक्षा करनी होगी। तोपची की मजाल नहीं कि सामने आ लगे घोल्डों की डार पर गोली दाग़ सके या कि किसी ऐसे घोल्ड पर गोली दाग़ दे जो अपनी डार में, बाकायदा अपनी जमात में शामिल है। डार से अलग हो कर रहना किसे पसन्द होता है? जुदा कौन होता है? डार से जुदा वही होता है जिसकी औरों से ज़्यादा, बहुत ज़्यादा खाने की चाह हो। जो दूसरों को चरते न देख सकता हो। जो चर-चर कर अकेले ही मोटाना-मस्ताना चाहता हो। जिसकी अकेले ही अकेले चरते रहने की मंशा हो। वह बिलग जाता है डार से। या वह छिटक पड़ता है जो अपने मद में चूर हो कर औरों को हिकारत की नज़रों से देखने लगता है। जो औरों की, अपने चारों ओर फैले हुए समाज में, अपने जैसों की, रत्ती भर परवाह नहीं करता।

रिखागैर से बायें हाथ की ओर जाने के बजाय अगर दाहिने हाथ की ओर चला जाय तो पहाड़ी बटिया पर चलने वाला कुछ ही दूरी के बाद एक विकट, अगम्य इलाके में पहुँच जाता है, जहाँ कहीं-कहीं इक्के-दुक्के पेड़ खड़े मिलते हैं। बस, और कुछ नहीं। आपस में ख़ूब-ख़ूब दूरी पर खड़े उन अकेले-अकेले पेड़ों के अलावा और कहीं कोई हरियाली नहीं। कोई छाँह देने वाली वनस्पति नहीं। उन पेड़ों को देख कर भी ऐसा लगता है कि वे डार से बिछड़े हुए हिरनों की तरह हैं, जो दूसरों की कोई परवाह नहीं करते। अपनी जमात

की ओर से मिलने वाली सुरक्षा को वे ठेंगा बताते रहते हैं। उसकी उन्हें रत्ती भर परवाह नहीं रहती। घना जंगल ना जाने कहाँ ग़ायब हो गया है। पहाड़ के ढलानों पर खड़े उन पेड़ों के अलावा वहाँ चट्टानें दिखाई देती हैं। चट्टानें-ही-चट्टानें। दुर्गम। भयानक, अगम्य ढंगारों के सीने पर अटकी हुई, विकट चट्टानें। सदियों से, सहस्राब्दियों से आसमान से सीधी, तीखी, गर्म किरणों के गोलों की मार झेलती आयी काली, चिकनी, चट्टानें। मनुष्यों के लिए, मनुष्यों के बीच के शिकारियों के लिए जो उस ओर जा पहुँचते हैं, वे फिसलन-भरी होती हैं। किसी शिकार का पीछा करते समय उन पर चढ़ने की कोशिश में शिकारी अचानक उन पर अपना पाँव रखे तो वह यों फिसलेगा कि उसकी देह ढंगार में लुढ़कती हुई नीचे की ओर कहीं दूर जा गिरेगी। और हिरन हैं कि उनके खुरों पर उन चट्टानों की फिसलन का कोई असर ही नहीं होता। हिरनों की डार उनके ऊपर भी आसानी से कुलाँचें भरती रहती हैं। आदमी पर नज़र पड़ते ही, शिकारी को देखते ही कुलाँचे भरने लगते हैं हिरन। एक चट्टान से दूसरी चट्टान। ऐसे कि जैसे वे किसी एकदम समतल ज़मीन पर घास के ऊपर दौड़ रहे हों। उन विकट चट्टानों पर उस आसानी से चढ़ पाना किसी शिकारी के वश का नहीं रह जाता।

अपने बिस्तर पर लेटा हुआ दुश्मन सोचता ही रह गया। अपने दिमाग़ में अपने घर से रिखागैर तक की राह उसने आसानी से पार कर ली। सार्वजनिक बटिया। लेकिन रिखागैर पहुँच जाने के बाद कहीं आगे की ओर नहीं बढ़ सका। न दायें, न बायें। किसी भी ओर नहीं। किसी निर्णय पर पहुँच पाना उसके लिए बहुत कठिन हो उठा। तब आख़ीर में उसने सोचना बन्द कर दिया और नींद लाने की कोशिश करने लगा। अब कल सुबह, नींद खुलने के बाद, मौके पर पहुँचने से पहले, देख लिया जायेगा किस ओर जाना है। रात के इस वक़्त अपने दिमाग़ को बेवजह थकाने में कोई फ़ायदा नहीं।

इस वक़्त मुझे सो जाना चाहिए। सुबह जल्दी उठना होगा। और गाँव के किसी भी आदमी-औरत के जागने से पहले, किसी और के दिशा-फ़िराकत के लिए गाँव की बटिया पर पहुँचने से भी पेश्तर, बस्ती से बाहर निकल जाना चाहिए। नहीं तो सुबह-सुबह पता नहीं किस भले या मनहूस आदमी या औरत की शक्ल सामने दिखाई दे जाय। अपने अलावा ग्रामवसियों में किसी और की नींद न टूटे, ऐसे में कर लेना चाहिए प्रस्थान। इस वक़्त जल्दी नहीं सो पाया तो नींद समय से नहीं टूटेगी और फिर जंगल में पहुँच जाने पर आँखें भी दर्द करने लगेंगी।

वहाँ, जगल में आकाश में घूम रहे सूरज के सिर के ऊपर सरक आने के बाद पथरीले इलाके में धूप चमकने लगेगी तो उनींदी आँखें दर्द के कारण ठीक तरह से काम नहीं कर पायेंगी। शिकार के मामले में सबसे महत्वपूर्ण काम तो अन्त में उन्हीं के भरोसे छोड़ देना होता है। ऐन मौके पर निशाना तो आँखों को ही साधना होता है। आख़ीर के निर्णायक क्षणों में तोपची की आँख और तर्जनी इन्हीं दोनों को काम अंजाम देना होता है। तर्जनी, जिसके अन्दर बातचीत में बाकी झुकी हुई उँगलियों के बीच से फ़ौरन अलग हो कर और

ख़ुद ज़रा-सा उठ कर कोई महत्वपूर्ण, लाचार या लाजवाब कर देने वाला, भय पैदा कर देने वाला प्रश्न खड़ा कर देने की सामर्थ्य भरी होती है। इहँ कुम्हड़ बतिया केउ नाहीं/जे तर्जनि देखि डरि जाहीं। तर्जनी हलके से दबाती है उतनी बड़ी बन्दूक के उस छोटे-से घोड़े को, जिसके दबते ही गोली कहीं बेहद दूरी पर मौजूद अपने शिकार के बदन के आर-पार हो जाती है। घोड़े को धीरे से दबाने वाली, अपनी जमात से विलगी, एक छोटी-सी उँगली। शिकारी के हाथ की बाकी उँगलियों के साथ उसके फिर से शामिल होने से पेश्तर गोली की मार हो चुकी होती है। अकबकाने का मौका पाये बग़ैर शिकार घायल हो कर ज़मीन पर छटपटाने लगता है, दम तोड़ बैठता है।

❐

मरगदना अपनी राह बदल कर कहीं दूसरी ओर नहीं जा सकता। वह जहाँ सौ साल पहले बहता होगा आज भी वहीं बहता जा रहा है। ठीक उसी लीक पर। असल में वह अपने प्रवाह की दिशा या क्षेत्र को बदल ही नहीं सकता। दो पहाड़ों के बीच, उन दोनों के सीमित, साझे तल पर वह ख़ुद भी बँधा हुआ, जकड़ा हुआ रहता है। वहाँ कोई मैदान तो है नहीं जो बाढ़ के आ जाने पर नदी का पानी इस साल एक ओर को बहने लगे और दूसरे साल वहाँ से बहुत दूर, किसी दूसरी दिशा की ओर उत्पात मचाता फिरे। मरगदना सदियों से अविचलित रहने वाले दो पहाड़ों के तल पर बहता जाता है। पहाड़ अपना स्थान छोड़ कर ख़ुद कहीं भाग कर नहीं जा सकते। जैसे कि उनके निवासी भागते रहते हैं। उनके निवासी भागें-तो-भागें। वे अपनी-अपनी जगहों पर स्थिर हैं। स्थायी तौर पर कायम हैं। मरगदना को साझे तौर पर अपनी गोद में लिये हुए दोनों पहाड़ अपनी-अपनी जगहों पर जमे बैठे हैं। उन्हें वहाँ से कोई नहीं खिसका सकता। जब तक आमने-सामने के पहाड़ अपनी-अपनी जगह पर कायम हैं मरगदना भी कहीं इधर से उधर नहीं हो सकता। लेकिन इस बात का कि उसके अस्तित्व से बहुत से लोगों को शक्ति मिलती रहती है, मरगदना ने कभी कोई ग़रूर नहीं किया। वह अपनी रफ़्तार से बहता रहता है। मौसम के हिसाब से उसके पानी की मात्रा घटती या बढ़ती रहती है। पानी की वह मात्रा ही उसकी रफ़्तार को निर्धारित करती है। बहुत मद्धम गति से या विकराल रूप धारण कर उसके स्फटिक की तरह साफ़ दिखाई देने वाले या मिट्टी-गाद से परिपूरित बेहद गंदले जल के वहाँ बहते रहने के लोग अपनी तरफ से, अपनी-अपनी समझ के अनुसार, जैसे चाहें मतलब निकाल लें। मरगदने का उससे कोई सरोकार नहीं रहता।

मरगदना! छुई-मुई की तरह दिखाई देने वाला एक मृतप्राय गधेरा, जो बरसात के मौसम में धरती पर पानी के गिरते ही प्रचण्ड रूप धारण कर बैठता है। तब अपनी सीमाओं को तोड़ कर बहते हुए उसके उस काले, विकराल रूप को देख कर लोगों के दिलों में ख़ौफ़ पैदा होने लगता है। घाटी में अनगिनत चीज़ों को भी अपने साथ बहाने लगता है मरगदना। लकड़ी के टुकड़े, भारी-भरकम दरख़्त। और इनके अलावा कभी-कभी अपने ही

तल पर बरसों से जमे बैठे ख़ूब बड़े-बड़े पत्थरों को भी उखाड़ता हुआ और उन्हें भी अपनी चपेट में ले कर अपने साथ धकेलता, बहाता हुआ वह पहाड़ों की शान्ति को, उनकी नीरवता को झकझोर देने वाला, कँपा देने वाला शोर मचाने लगता है। अगड़म-बगड़म बकने लगता है मरगदना। ऐसे कि जैसे वह अपने होश-हवाश खो कर, सन्निपात के रोग की चपेट में न जाने क्या कुछ बड़बड़ाने लगा हो। या कि जैसे उसे बघ्वा लग गया हो। मरगदना में बाढ़ आयी है। नदी-तल से उठने वाले उस भयंकरशोर में, सिल्ला या पिल्ला किसी भी बस्ती के निवासियों को कुछ भी सुनाई नहीं दे रहा है। कहाँ तो सामने के गाँव की भी एक-एक बात सुनाई दे जाती थी, कहाँ अपने ही घरों-आँगनों में ज़ोर-ज़ोर से, चिल्ला-चिल्ला कर कही जा रही बातें भी समझने में नहीं आ रही हैं। वर्ष के बाकी महीनों के बदलते मौसमों के दौरान मरगदना को पार करने के लिए लोगों को उसके पानी में उतर कर अपने पाँव भिगोने तक की ज़रूरत नहीं पड़ती। पाँव नहीं भिगोने होते हैं शान्त हो कर, शर्मीली चाल से बहते जा रहे उसके छुई-मुई जैसे गुमसुम बहते जा रहे पानी में। पाजामा या पैन्ट को उतारने की कोई ज़रूरत नहीं। छिछले पानी के बीच-बीच में, जगह-जगह पर स्थायी तौर पर एक-दूसरे के आसपास पड़े हुए, तल पर जमे हुए बड़े-बड़े पत्थरों पर छलाँगें लगाते हुए लोग उसे आसानी से, यों ही पार करते हुए आगे निकल जाते हैं।

और जहाँ तक घाटी से आकाश की ऊँचाई तक फैले हुए पहाड़ का सवाल है वह अनंत काल से अपनी जगह खड़ा है। उसके सीने पर चल कर, उसे पार करता हुआ कोई जिधर को चाहे चला जाय। वह ख़ुद कहीं नहीं जाता। अपनी जगह से हिलता नहीं है। स्थिर रहता है। अविचलित। अपने उद्देश्य को सफलतापूर्वक पूरा करने के लिए वहाँ पहुँचने वाले लोगों के लिए यह बात ज़रूरी होती है कि वे पहाड़ को, उसके विभिन्न हिस्सों को, भली भाँति जानते हों, उसके तमाम ठौरों से परिचित हों। कहाँ जंगल हैं, कहाँ जंगल नहीं हैं। कहाँ मिट्टी है, कहाँ पत्थर है, कहाँ पानी है। घरों की लिपाई करने के लिए लाल माटी चाहिए तो माटखान की जानकारी होनी चाहिए। छँवाईं करने के लिए पतले पत्थरों-पठालों की ज़रूरत है तो पठालखान कहाँ पर है। घास लेने जा रहे हो तो मालूम होना चाहिए पहाड़ के किस हिस्से में इस मौसम में अच्छी घास उगती है। पेड़ों के इलाके में। ख़तरनाक ढलानों पर लटकती हुई। समतल भूमि के सीने पर। पानी से पसीजती हुई जगहों पर। और यह बात भी मालूम होनी चाहिए कि जिस जगह जा रहे हो वहाँ आजकल घास होगी या नहीं होगी। घर में आने वाली नयी-नयी बहू को पहले-पहल इन्हीं सब चीज़ों की जानकारी हासिल कर लेना ज़रूरी होता है। ईंधन के लिए उपयोग में लायी जा सकने वाली लकड़ी की ज़रूरत है तो उस वन के बारे में और वहाँ उगने वाले उन पेड़ों के बारे में मालूम होना चाहिए। काष्ठ के लिए जा रहे हैं तो पेड़ की उस ख़ास प्रजाति का पता होना चाहिए जिसकी लकड़ी से अपने घर का निर्माण या मरम्मत करना चाहते हो। दराँती, कुटले, गैंती, फावड़े के बेंट या हल के नाड़े-नसूड़े बनाना चाहते हो। हरेक

चीज़ की जानकारी ज़रूरी हो जाती है। और अगर शिकार की तलाश में जा रहे हैं तो पहले अपने मन में यह बात तय कर लेनी होगी कि अबकी बार, मुख्यतया किस तरह के जानवर का शिकार करना है। पहाड़ के किसी हिस्से में, उसके वनों में और ख़ास कर उनके बस्ती से बेहद दूरी पर स्थित ऊँचे, बर्फीले शिखरों में प्रवेश करने से पहले यह तय करना ज़रूरी होता है कि आप वहाँ क्यों जा रहे हैं। किस मतलब से जा रहे हैं। इस बात का पता रहना चाहिए कि उस मौसम में और रात-दिन के उस ख़ास वक़्त पर जिस शिकार की खोज गें जा रहे हो, वह किस इलाके में मिल सकता है। एक-एक चीज़ की सही जानकारी नहीं होगी तो पहाड़ पर क्या करने जायेंगे? अपने धोरे पहुँच जाने वालों के सामने पहाड़ अपनी स्थिति को, अपने अभाव और दीनता को, अपने वैभव और समृद्धि को और अपनी या आपकी त्रुटियों को ख़ुद ही बताने, उजागर करने लगता है।

❐

दुश्मन अब किसी दूसरे शिकारी को अपने साथ नहीं ले जाता। पहले ले जाता था। हिरनों का या दूसरे जानवरों का शिकार करने जाता था तो गाँव के किसी नौजवान को ले लेता था अपने साथ। बेदू को या सिरी को। और कभी-कभी उन दोनों को। लेकिन अब नहीं ले जाता। अब जहाँ भी जाता है, एकदम अकेले जाता है। तुम घोल्ड का शिकार करने जा रहे हो, किसी मानुषखोर, विकराल बाघ का मुकाबला करने तो नहीं? यह बात अपनी जगह सही है। लेकिन वन में जा रहे हो तो तैयार तो हर आकस्मिक स्थिति के लिए, सभी तरह के ख़तरों के लिए रहना चाहिए। किसी भी समय किसी भी तरह के ख़तरे का मुकाबला करना पड़ सकता है। माना कि अकेले छूट गये उस घोल्ड पर, जिसे तुम अपना शिकार बनाना चाहते हो, किसी बाघ की भी नज़रें जमी हों। तुमसे हट कर, या तुमसे सट कर, किसी झाड़ी के नीचे ख़ामोशी में दुबका हुआ वह भी किसी दूसरे स्थान से उसी घोल्ड पर घात लगाये दुबका बैठा हो। तब? तब ऐसा भी तो हो सकता है कि किस्मत का धनी घोल्ड एक किनारे जा लगे और तुम्हारी असली भिड़न्त उस बाघ से ही हो बैठे। दो साँसें लेने-छोड़ने में जितना वक़्त बीतता है उतने में ही हो सकता है अचानक सर पर आ पड़ी एक नयी लड़ाई का फैसला। इधर या उधर। बाघ जीता या शिकारी जीता। बाघ हारा या आदमी हारा। बाघ ने घायल हो कर लम्बी छलाँग लगाई, ज़मीन पर लोट कर भटकने, तड़पने लगा या नाजुक मौके का अहसास होने पर मैदान छोड़ कर भाग खड़ा हुआ या तोपची घायल हुआ और दबोच लिया गया। बाघ की मौत हुई या शिकारी मारा गया। बाघ तड़पने लगा या आदमी ने पाँव पसार दिये।

❐

कुछ समय पहले बंगाल आर्म्ड पुलिस से पेंशनयाफ़्ता हो कर सूबेदार हिम्मतसिंह स्थायी तौर पर घर लौट आया था तो दुश्मन को बहुत ख़ुशी हुई थी। हथियारबन्द फ़ोर्स का एक

अनुभवी अफ़सर। कहता है कि बन्दूक चलाना उसके बायें हाथ का खेल होता है। ज़िन्दगी भर उसने गोलियाँ ही तो चलायी हैं। और किया ही क्या है? गवर्मेण्ट से तनख़्वाह ही उसी बात की मिलती थी। सूबेदार काका उसे अपने कलकत्ते के किस्से सुनाने लगता तो दुश्मन का मन अचरज से भर जाता। उन किस्सों को सुनते हुए आँखें फाड़ कर वह किसी दूसरे ही लोक में विचरण करने लगता। दुश्मन ने ज़िन्दगी में अपने आस-पास के पहाड़ी गाँव, उनके जंगल-घाटियाँ और वहाँ चारों ओर फैली हुई बेमरम्मत, बेतरतीब, ऊँची-नीची, पथरीली, थका देने वाली पगडंडियों के अलावा और कोई जगहें या रास्ते नहीं देखे। गाँव के अपने हमउम्र नौजवानों की तरह, उनकी देखा-देखी वह कभी अपने पहाड़ों से बाहर नहीं निकला। जब समय था तब माँ की बात मान ली होती तो वह भी किसी फ़ोर्स में नौकरी कर रहा होता। लेकिन उस बात का उसे कभी मलाल नहीं रहा।

—अपनी सर्विस के दौरान मुख्य मन्त्री बिधानचन्द्र राय के राज में और काँग्रेस के दूसरे मुख्य मंत्रियों के राज में मैंने कलकत्ते की गली-गली में, हावड़ा से सियालदा, हैरिसन रोड, कॉलेज स्ट्रीट से बौ बाज़ार, एस्प्लेनेड और राइटर्स बिल्डिंग तक और उसके आस-पास चारों ओर फैले हुए छोटे-बड़े शहरों-कस्बों में न जाने कितनी बार अपनी राइफ़ल का इस्तेमाल किया शतरू। कितने लोगों को अपनी गोलियों का निशाना बनाया।

❐

दुश्मन समझने की कोशिश कर रहा है। सूबेदार मनुष्यों को जानवरों की तरह गोलियों से भून डालने की बात कह रहा है।

—मैं जिस पर भी गोली चलाता वह पानी नहीं माँग पाता था, वहीं पर ढेर हो जाता था।

—आदमियों को मार देते थे काका?

—नहीं, नहीं! ऐसा मत कहो। हम आदमियों को नहीं, सिर्फ़ कम्युनिस्टों को मारते थे।

—क्यों मारते थे?

—इसलिये मारते थे कि वे प्रचण्ड जुलूस ले कर आते थे। वे ज़ोर-ज़ोर से नारे लगाने लगते—चोलबे ना, चोलबे ना। ये चोलबे ना और वो चोलबे ना। ट्राम के भाड़े में एक अठन्नी बढ़ोतरी कर दिये जाने पर वे कलकत्ते शहर की ज़िन्दगी ठप्प कर देते थे। वहाँ सभी कुछ का चलना रुक जाता था। अफ़सरों के हुकम के मुताबिक हम उन्हें आगे बढ़ने से रोकते तो वे रुकने का नाम नहीं लेते थे। बढ़ते ही चले आते थे। बसें और ट्राम नहीं चल रहे हैं, एक प्रचण्ड भीड़ बढ़ती चली आ रही है। पूरा चलन ठप्प हो जाता। पूरी सरकार ही उनके घेरे में आ जाती। जब हर चीज़ रुक जाती और सिर्फ़ उनके कदम बढ़ते दिखायी देते, तब उस रुके हुए माहौल में अपनी सरकार के बड़े हाकिमान की राहें खोलने

के लिए, हुकुम उदूली करने वाली भीड़ पर फ़ायर करने का हुक्म सुनाया जाता और हम फ़ायर कर देते।

दुश्मन कुछ बोल नहीं पा रहा है। उसे सदमे में देख सूबेदार समझाने की कोशिश करने लगा है।

—ऐसा है दुश्मन! अफ़सरों का हुकुम तो सब को मानना ही चाहिए। आख़िर अफ़सर तो अफ़सर होता है। कोई डिसिप्लिन नहीं रहेगा तो आख़िर यह दुनिया चलेगी कैसे?

—तब भीड़ पर गोलियाँ चला देते थे काका?

—हाँ भीड़ पर।

—भीड़ से जुदा हो गये किसी आदमी पर नहीं चलाते थे गोली?

—भीड़ से जुदा हो जाने वाला तो हमारा अपना आदमी होता था। हमारा ख़ास आदमी।

—तुम्हारा आदमी?

—हाँ, ऐसे आदमी को पहले हम भीड़ के अन्दर भेज देते थे। वह भीड़ में रल-मिल जाता था। उस भीड़ के अन्दर रहते हुए वहाँ से वह हमारी तरफ कोई पत्थर या ढेला उछाल देता था। उसके फ़ौरन बाद वह वहाँ से बाहर निकल आता था।

—पत्थर क्यों उछालता था?

—ताकि हमें गोलियाँ चलाने का बहाना और मौका मिल सके।

—और फिर भीड़ के बीच से बाहर क्यों चला आता था काका?

—अपने को गोलियों की बौछार से बचाने के लिए।

—और अगर न निकल पाये?

—न निकल पाये तो वह ख़ुद भी गोली का शिकार हो सकता था। हम गोलियाँ अलग-अलग आदमियों पर नहीं, अपने सामने उनकी जमा हो जाने वाली भीड़ पर चलाते थे।

—अपने आप चलाने लगते थे गोलियाँ?

—अपने आप कैसे चला सकते थे? अफ़सरों के हुक्म देने पर दाग़ते थे गोलियाँ। वे जिस पर भी लग जायें।

—गोलियाँ चलाते क्यों थे?

—इसलिये चलाते थे कि हमें उस भीड़ को तितर-बितर करना होता था दुश्मन। गोलियाँ चला कर हम अपने राज्य की और अपने देश की रक्षा करते थे।

दुश्मन समझ नहीं पा रहा है कि निहत्थे लोगों की भीड़ पर गो़लियाँ क्यों दाग़नी पड़ती होंगी।

—एक मर्तबा ऐसा भी हुआ कि मेरी एक ही गोली एक साथ दो कम्युनिस्टों को बेंध बैठी। उस अथाह भीड़ में वे दोनों एक-दूसरे से सट कर खड़े थे। एकदम चिपके

हुए। गोली ने एक के दाहिने हाथ को और दूसरे के बायें हाथ को जख्मी कर दिया था। घायल हो कर वे दोनों ज़मीन पर लोटने लगे थे। अस्पताल ले जाने से पहले, अपने ट्रक पर डालने के बाद, हमने उन्हें बन्दूक के कुन्दों से भी मारा था। एक अख़बार वाला एक किनारे पर खड़ा हो कर उस वाकये का फ़ोटो खींचने लगा था। हमने उसे पकड़ा। उसका कैमरा तोड़-फोड़ कर फेंक दिया। और उसके बाद उस बेटे की ऐसी धुनाई कर दी थी कि उसे ज़िन्दगी भर याद रह सके।

❐

दुश्मन की समझ में सूबेदार काका की यह बात, आदमियों की भीड़ पर गोली चलाने वाली बात नहीं आ पाती। उस बात को सुन कर उसका दिमाग़ चल-विचल होने लगता है। वे कैसी बन्दूकें होती होंगी जो आदमियों के जैसे दिखाई देने वाले कम्युनिस्टों के किसी झुण्ड पर गोली चला दिये जाने के बाद भी रूठती नहीं हैं? घोल्ड जानवर होता है। लेकिन मेरी बन्दूक तो घोल्डों तक के झुण्ड पर गोली चलाने की इजाज़त नहीं देती। सवाल उसके मन में उमड़ता-घुमड़ता रहता है। वह उस सवाल को अपने मन में रोक नहीं पा रहा है। अपनी शंका का समाधान कर लेना चाहता है। अपने मन में उठ रही वैसी अजीब शंका का निराकरण ज़रूर कर लेना चाहिए।

—कम्युनिस्ट होते तो आदमी ही हैं काका?

—हाँ, सूरत-शक्ल से तो वे बिलकुल आदमियों जैसे होते हैं। एकदम आदमियों की तरह दिखाई देते हैं। लेकिन उनका स्वभाव आम आदमी से एकदम अलग होता है। बहुत उग्र, बहुत उद्धत होते हैं वे सब। किसी की भी परवाह नहीं करते। अफ़सरों को तो वे कुछ समझते ही नहीं। उन्हें किसी भी डिसिप्लिन में नहीं रखा जा सकता। अफ़सरों की तो एक भी बात मानने को तैयार नहीं होते। स्वभाव से वे आदमी नहीं होते, शेर होते हैं।

—और उनकी भीड़ पर गोली चलाने के बाद तुम्हारी बन्दूक रूठती नहीं थी काका?

—वह कोई घरिया, भरवा बन्दूक थोड़े ही होती थी शतरू। राइफ़ल होती थी, राइफ़ल। सरकारी राइफ़ल। और उस वक़्त हम गोली अपनी मर्ज़ी से थोड़े ही चलाते थे। सरकारी हुक्म से चलाते थे। बन्दूक भी समझदार होती है। बन्दूक को सब पता रहता है।

दुश्मन के मन का सन्देह दूर नहीं हो पा रहा है। सूबेदार हिम्मतसिंह उसे गँवई ढंग से समझाने की कोशिश करने लगा है।

—सरकारी हुक्म के बारे में सब को पता रहता है शतरू। तुमने वह किस्सा सुना है कि किसी बाघ ने जंगल में एक खच्चर को पकड़ लिया जिसकी पीठ पर सरकारी डाक ढोई जा रही थी?

-कब की बात है काका?

-बहुत पुराने जमाने की बात है। मेरे दादा, परदादा के जमाने की बात होगी शायद। तब पता नहीं हमारी रियासत के अन्दर किस राजा का राज रहा होगा।

-डाकखाने की डाक थी?

-नहीं, पोस्ट ऑफ़िस की नहीं, जँगलात विभाग की डाक ले जा रहा था वह खच्चर। अचानक कहीं पीछे से कूद कर बीच रास्ते में बाघ आया और उनकी राह रोक कर खड़ा हो गया। उस खच्चर के साथ चल रहा जँगलात का डाकिया बाघ को देख कर डर के मारे वहाँ से सर पर पाँव रख कर भाग खड़ा हुआ। खच्चर ने आँखें मूँद लीं और जहाँ-का-तहाँ खड़ा रह गया। बाघ उस खच्चर की पीठ पर सवार होने के लिए छलाँग लगाने की तैयारी कर रहा था। पीठ पर सवार हो कर बाघ उस खच्चर को मीलों-मील दौड़ाता। फिर जब खच्चर थकने लगता तो वह उसके गले में लटक कर वहाँ अपने दाँत गड़ा देता और उसका ख़ून पीने लगता। तब खच्चर ख़ुद ही ज़मीन पर गिर जाता और बाघ उसका माँस खाने लग जाता।

-हाँ काका, ठीक कह रहे हो तुम। बाघ ऐसा ही करता है घोड़े-खच्चरों के साथ। पहले दौड़ाता है, तब गिरा कर मारता है।

-लेकिन शतरू, खच्चर पर हमले की तैयारी कर रहे बाध को उसकी पीठ पर डाक के थैले दिखायी दिये, उनके बाहर से लाख से लगाई गयी सकारी सील दिखायी दी, तो वह ख़ुद ही चक्कर में फँस गया। मैं कैसी ग़लती कर बैठा हूँ? मुझे क्या पता होना था यह खच्चर सरकारी डाक ले जा रहा है!

-फिर?

-फिर ऐसा हुआ कि बाघ ने मज़बूती से खच्चर के गले की डोर पकड़ ली जिस पर उसके सईस ने घूँघर बाँधे हुए थे। वह बाघ उस डोर को थामे रहा कि वह डरा हुआ खच्चर कहीं भाग न जाये। उसने बेबस हो गये खच्चर को गिराया नहीं। लेकिन उसे छोड़ा भी नहीं। पूरा दिन बीत गया। वह रात भी बीत गयी। पर बाघ ने खच्चर को छोड़ा भी नहीं और उसे मारा भी नहीं। वहाँ तमाशा लग गया। घाटी के दोनों ओर की पहाड़ियों पर वहाँ से दूर-दूर खड़े हो कर वहाँ आ जुटे लोगों की भीड़ उस अजब नज़ारे को देखने लगी। एक डाक के खच्चर की गर्दन की घुँघरूओं वाली डोर को पकड़े एक बाघ बीच रास्ते पर खड़ा है। उसे हिलने भी नहीं दे रहा है, छोड़ भी नहीं रहा है और मारने के लिए ज़मीन पर भी नहीं गिरा रहा है। और भयभीत खच्चर अपनी आँखें मूँदे खड़ा है। ले बाघ! मैं तेरी ओर देख भी नहीं रहा हूँ। अब तेरी मर्ज़ी। तेरा जो मन हो कर ले। मारना चाहता है तो जान ले ले मेरी। पर एक बात याद रख, मेरी पीठ पर सरकारी डाक लदी है। मैं कोई मामूली खच्चर नहीं हूँ। लादू खच्चर नहीं हूँ मैं।

-क्यों नहीं मारा होगा काका, बाघ ने उस खच्चर को?

-मार कैसे देता उसे? वह तो डाक का खच्चर था। बाघ को अपनी जुम्मेदारी निभानी थी। वह उस खच्चर को यों ही छोड़ देता और डर के मारे अपने होश हवाश गँवा बैठा

खच्चर बिदक कर दुलत्तियाँ झाड़ता हुआ कहीं सरपट भागने लगता और उसके वैसा करने से सरकारी डाक कहीं इधर-उधर बिखर कर ग़ायब हो जाती। तब?

-तब कब छोड़ा उसने?

-तब छोड़ा जब जँगलात के आदमी अपनी खाकी-हरी वर्दियाँ पहन कर उस जगह पर पहुँच गए। बाघ ने डाक-लदे खच्चर का चार्ज उनके पास सौंपा और ख़ुद रास्ते से नीचे जंगल में छलाँग लगा दी।

दुश्मन को मालूम है सूबेदार उसे ऐसी कहानी सुना रहा है, जो कभी घटी नहीं। एक मनगढ़ंत कथा। कुछ साल पहले यही कहानी गाँव के किसी दूसरे आदमी ने भी उसे सुनाई थी। लेकिन लोग इस कहानी को सच नहीं मानते। शतरू ने तो इसे कभी सच नहीं माना।

कुछ देर की ख़ामोशी के बाद सूबेदार हिम्मतसिंह ने अपनी बात पूरी की - हर चीज़ का अपना कायदा होता है। तभी तो सरकारी आडर से दूसरों को मार देने वालों पर कोई हत्या नहीं लगती। यमराज की कछेड़ी में भी उन्हें बेकसूर मान लिया जाता है।

-इस बारे में सही बात कौन बता सकता है? यमराज की कछेड़ी आज तक किसने देखी काका? वहाँ पता नहीं क्या होता है, क्या नहीं होता है।

- यह बात तो पण्डित लोग बताते हैं शतरू। उनकी पोथी में भी लिखी होती हैं ऐसी बातें। कि स्वामिभक्ति के भाव से की गयी हत्या का कोई अजाप नहीं लगता।

-पण्डितों के चक्कर में पड़ कर ही तो धर्मराज युधिष्ठिर अपने भाइयों को साथ ले कर बन्धु-हत्या से मुक्ति पाने हिमालय में गलने चले आये थे काका।

हिम्मतसिंह को अपने मन में बहुत आश्चर्य हो रहा है कि अनपढ़ दुश्मन किसी विद्वान की तरह उसके सामने कैसी-कैसी बातें करने लगा है। अब यही बन गया है महाभारत का व्यास! दुश्मन को वैसा बोलते सुन वह अपने को कुछ-कुछ आहत भी मान रहा है। इतना भी लिहाज़ नहीं करता कि मैं आख़िर पुलिस फ़ोर्स का एक रिटायर्ड अफ़सर हूँ। इस दुश्मन के आसार भी ऐसे लग रहे हैं कि इसे किसी डिसिप्लिन में नहीं रखा जा सकता।

❑

उस बाघ ने गाँव के अन्दर खेत के किनारे पर चर रही एक गाय को दिन के उजाले के कायम रहते ही मार गिराया था। शाम ढल रही थी, लेकिन अभी रात नहीं हुई थी। अकेली गाय, जो गाँव के अन्य पशुओं के साथ वन में नहीं भेजी जाती थी। वन में रहने वाले बाघ के डर के मारे शान्ति बुढ़िया उसे कभी पशुओं के झुण्ड में शामिल नहीं करती थी। पूरा पाखा गाँव उसे पहचानता था–शान्ति बुढ़िया की भोली गाय। नाटे कद की एक छोटी-सी, काले रंग की गाय। ऊँचाई में बिलकुल शान्ति के ही बराबर। उस दिन सीधे गाँव के अन्दर चला आया था वह बाघ। गधेरे के दोनों तटों पर नदी-तल से आकाश की

ऊँचाइयों तक मीलों-मील फैले हुए लम्बे-चौड़े-घने जंगल थे। उस वक़्त वहाँ अनगिनत पशुओं के झुण्ड चर रहे थे। और स्थायी तौर पर वहीं निवास करने वाले वनैले पशुओं की हरकतों, पंछियों की चहचहाटों-आवाज़ों से भी जंगल गूँज रहा था। लेकिन उन सब की अनदेखी कर, उन सब को जंगल में छोड़ कर वह बाघ गाँव के अन्दर चला आया था। उसे औरों से नहीं, अपने मतलब से मतलब रहता था। उस दिन अपने भोजन की तलाश में वह जंगल से बाहर निकल कर इन्सानी बस्ती की ओर चला आया था। किसी अकेले में पाये जा सकने वाले शिकार की तलाश में। पता नहीं सामने के पहाड़ से, कितनी दूर से, कितनी देर से वह उस गाय को देखता रहा होगा। नज़रें उसी गाय पर गड़ा दी होंगी उसने।

उस गाय के साथ और कोई नहीं। अकेली है। निपट अकेली। मज़े में घास चर रही है। बहुत दूर से उसे देख लिया था बाघ ने। उसकी नज़रों को कोई धोखा नहीं हो सकता। गाय एकदम अकेली थी। उस दूरी से उसपर लगातार चौकसी रखता हुआ वह अकेली गाय की ओर बढ़ चला। धीरे-धीरे अपने और गाय के बीच के फ़ासले को ख़त्म करता हुआ वह पहाड़ की चोटी से नीचे की ओर उतरने लगा। नदी-तट पर पहुँचा। वहाँ पहुँच जाने के बाद वह बहते पानी की धारा में कूद गया। उसने नदी पार की। ऐसी सावधानी से पार निकल गया कि लम्बी-चौड़ी, फैली हुई उस घाटी में किसी आदमी की उसपर नज़र नहीं पड़ सकी। नदी पार कर लेने के बाद वह बहुत आराम से गाँव-बस्ती की ओर बढ़ चला। उसे अपने गंतव्य स्थल का ठीक-ठीक पता था। नदी-तल से कितना ऊपर चढ़ना है। गाय कितनी ऊँचाई पर घास चरती जा रही है। पहाड़ी पर ऊपर की ओर चढ़ते हुए अपने भारी, लम्बे तन को घनी झाड़ियों, घने गाछ के बीच अपनी राह बनाता और उसी के नीचे दुबकता, लुकता हुआ। सामने के जंगल में चारों ओर फैली हुई घसियारिनों के समूहों की नज़रों से भी अपने को बचाता हुआ। दोणिया रौ के पास चढ़ाई को पार कर लेने के बाद वह अपने नियत स्थल पर, गाय के एकदम करीब पहुँच गया। निश्चिन्त हो कर घास चर रही गाय को उसके वहाँ होने का आभास तक न हो सके, ऐसी शान्त, शब्दविहीन चाल। उस वक़्त वह चल नहीं रहा था, बहुत आहिस्ता-आहिस्ता आगे की ओर सरकता जा रहा था। ऐन ज़रूरत के मौके पर अपने शिकार के बदन पर भयंकर प्रहार करने वाले नोकीले पंजों को सिकोड़ कर शायद उसने कहीं पाँवों के अन्दर अच्छी तरह छुपा लिया होगा कि उनके चलने से किसी भी तरह का कोई शोर पैदा न हो सके। वैसी चालें चलने में दूसरी प्रजाति का कोई भी जानवर बाघ का मुकाबला नहीं कर सकता। खेत के किनारे एक पेड़ के पीछे उसने अपने लम्बे तन को छुपा लिया। और फिर ललचाई नज़रों से गाय को ताकने लगा। ऐसा सुन्दर, ऐसा रसीला, ऐसा शक्तिदायी, इतना स्वादिष्ट भोजन! कई दिनों का काम चल जायेगा। अब इस जगह से सिर्फ़ तीन छलाँगें लगनी चाहिए गाय को दबोचने के लिए। तीसरी के बाद चौथी छलाँग की नौबत आयी तो गाय भी भागना जानती है। तब पूँछ उठा कर बिदकती हुई गाय की

मदद करने के लिए, उसकी रक्षा करने के लिए देखते-देखते एक पूरा गाँव लामबन्द हो उठेगा। लाठी-डण्डे, दराँतियाँ-कुल्हाड़ियाँ ले कर लपके आयेंगे तमाम लोग। दबोचना इस तरह चाहिए कि गाय हिलने तक न पाये। बाघ ने नपी-तुली, तेज़ गति से तीन छलाँगें लगाने के लिए अपनी पूरी ताकत को समेट लिया था और उन छलाँगों के लिए अपने बदन को आगे से पीछे तक, ठीक तरह से तैयार कर लिया था। तीन छलाँगें। सिर्फ़ तीन छलाँगें। लम्बी, निश्चित, सरपट दौड़ वाली, सधी हुई छलाँगें। एक, दो और तीन। ज़रा-सा भी चूक न हो। कोई कमी न रहे। कोई बेशी भी न हो जाय। तीसरी छलाँग सही ठिकाने पर। अन्तिम छलाँग। गाय के तन के ऊपर। ज़रा-सा भी आगे नहीं, रत्ती भर पीछे नहीं।

और तब बहुत चपलता से उसने दो लम्बी, हवाई छलाँगें ज़मीन पर लगायीं और तीसरी छलाँग ऐसे लगायी कि वे दोनों आपस में गुँथ गये थे। बाघ ऊपर था और गाय उसके नीचे थी। उसने मज़े में घास चरती गाय को दबोच लिया। गाय को पहले से कोई आभास ही नहीं हो पाया कि क्या होने वाला है। अचानक हो उठे उस भयानक हमले से गाय अपने को सँभाल नहीं पाई। ज़मीन से उठ नहीं पाई। बाघ के मज़बूत कब्जे से अपने को मुक्त करने के लिए वह छटपटाने लगी थी। लेकिन बाघ ने उसे मुक्त करने के लिए नहीं दबोचा था। उसने छटपटाती हुई गाय के शरीर के ऊपर बैठ कर बहुत फुर्ती से अपने तीखे दाँतों से उसके गले में एक गहरा छेद कर लिया था। उस छेद से ताज़ा ख़ून का फ़ौव्वारा फूटने लगा था। उस फ़ौव्वारे पर अपना मुँह चिपका कर बाघ वहाँ से निकल रहे ताज़ा, स्वादिष्ट ख़ून को पीने लगा था। शाम के धुँधलके का वक़्त था। वन से घर लौटते हुए, सामने की पहाड़ी पर नीचे की ओर उतर रहे गोरुओं की डार गाँव के करीब पहुँचती दिखाई दे रही थी। गाय-बैलों के गले में बँधी हुई घण्टियाँ टुन-टुन-टुन-टुन बजती जा रही थीं। और उन घण्टियों की आवाज़ों की मिश्रित गूँजें सभी दिशाओं में दूर-दूर तक सुनाई दे रही थीं।

❐

गाँव के अन्दर गाँववासियों की सभी तरह की हरकतें, सामान्य कार्रवाहियाँ जारी थीं। लोग इधर-उधर आते-जाते दिखाई दे रहे थे। रास्ते के किनारे बैठे कुछ मर्द लोग हाथों में ताश के पत्ते लिये कोट-पीस का खेल खेल रहे थे और खेलते-खेलते बीच-बीच में ख़ूब शोर भी मचा रहे थे। कुछ उस खेल के मात्र दर्शक बने थे और किसी मज़ेदार चाल के बाद उस शोर में अपना भी योगदान कर रहे थे।

- ये मारा ग़ुलाम।

-इधर से बेगम आ गयी। अब बोलो?

-बेगम को हमारे बादशाह ने दबोच लिया।

-तुम्हारा बादशाह भी फ़ेल। ये मारा इक्का।

बहुएँ और बेटियाँ इस वक़्त न तो कोट-पीस खेल रही थीं, न कोई दूसरा खेल। उन्हें अपनी गृहस्थी के जाल से ही छुट्टी नहीं मिल पाती थी। उनमें से कोई हाथों में या सरों पर अपने बंठे, गगरियाँ, पतीले लिये पानी लेने जलधारा की ओर जा रही थीं या पानी भरे बर्तनों को सरों पर उठाये अपने घरों की ओर लौट रही थीं। वे सामान्य ढंग से आपस में बातें करती जा रही थीं। वैसी ही बातें, जैसी वे हमेशा करती रहती थीं। उनकी बातें आपस में हो रही थीं, लेकिन उनके करीब, आस-पास के दूसरे लोगों को भी सुनाई दे रहा था कि वे क्या-कुछ बोलती जा रही हैं। अपने खुले बारामदे में अकेले बैठे सेठ श्रीधर प्रसाद के ज़ोर-ज़ोर से गरमा गरम चाय सुड़कने की आवाजें घर से बाहर काफ़ी दूरी तक पहुँच रही थीं। दूसरों को भी साफ़-साफ़ सुनाई दे रहा था कि सेठ मज़े में चाय सुड़कता जा रहा है। गाँव पर उतर आ रही शाम के धुँधलके वातावरण में, नेगियों के घर के बाहर, सामने के एक खुले आँगन में कुछ बच्चे गुल्ली डण्डा खेलने में मस्त थे।

- रेडी, ग्यारह पीढ़ी भाँचो?

उस खेल में गुल्ली-डण्डा हाथ में उठाये खिलाड़ी की अब तक की अर्जित पीढ़ियों की गिनती भी साथ-साथ चल रही थी। पीढ़ी तो खिलाड़ी की एक उपलब्धि थी। उस खेल में प्राप्त उसकी जमा पूँजी। ग्यारह पीढ़ी पिछली हो चुकी हैं, अब आगे, खेल में नाप में सुगमतम भाँचो (पंजा) आ जाने पर एक हाथ से गुल्ली को उछाल कर दूसरे हाथ में थामे डण्डे से किये जाने वाले तीव्र प्रहार के बाद, जितनी भी पीढ़ियाँ और बन जायें। इसकी पीढ़ियाँ बढ़ती जा रही हैं और उसी अनुपात में दूसरे खिलाड़ियों के ऊपर उसका ऋण बढ़ता जा रहा है। किसी सूदखोर सेठ की बढ़ती हुई चक्रवृद्धि ब्याज की पूँजी की तरह। भाँचो ही तो एक ऐसी गिनती है, जिसे अपने डण्डे से बेखटके, ख़ूब कस कर मारने में किसी फिसड्डी से फिसड्डी खिलाड़ी से भी कोई चूक नहीं हो सकती। जो और किसी गिनती में प्रहार नहीं कर सकता, वह भी भाँचो के बाद गुल्ली पर ऐसा तीव्र प्रहार कर बैठता है कि डण्डा नयी पीढ़ियों का हिसाब करने के लिए उसकी दूरी को नापता रह जाय और खेलने वाले की पारी ही कभी ख़त्म होने पर न आ सके। बाकी खिलाड़ी टुकुर-टुकुर देखते जा रहे हैं।

अब किसी दूसरे खिलाड़ी को मेरी ओर से मुँह खोल कर गिनाई जा रही इस उपलब्धि पर कोई एतराज़ हो तो, मेरे भाँचो मारने से पहले, वह अभी जता दे। वहीं पास में कुछ और बच्चे एक दूसरे खेल में रमे थे। वे कबड्डी खेल रहे थे और वे भी उस खेल के बीच-बीच में ख़ूब शोर मचा रहे थे। उस खेल में कभी-कभी उनके बीच तकरारें भी हो उठती थीं। जो दबंग खिलाड़ी छू लिया जाता वह ज़ोर-ज़ोर से कहने लगता,

-मेरी साँस ख़त्म नहीं हुई थी।

-तेरी साँस रुक गयी थी। घुल गया है। मर गया है तू। बाहर निकल जा, बाहर।

जो घुलता है वह मर जाता है। मरने वाले को खेल के घेरे से बाहर निकल आना पड़ता है। मौत हो जाने के बाद तो कोई जीवन नहीं हो सकता। मृत्यु जीवन की अंतिम परिणिति है। लेकिन कुछ खिलाड़ी ऐसे भी थे जो मर जाने के बाद भी, मृत्यु की

आधिकारिक घोषणा कर दिये जाने के बाद भी, मरने को, यानी अपने को मरा हुआ मानने को, तैयार नहीं हो रहे थे। वे अपने को जीवित ही मानते जा रहे थे। और अपने को ज़िन्दा माने जाने और उस ज़िन्दा-दिल खेल में कायम रहने के हक के लिए, कमीज की बाँहें बटोर कर, बाकायदा लड़ने-भिड़ने तक को तैयार होते जा रहे थे। वे खेल-खेल में नहीं, हकीकत में मरने-मारने को तैयार होने लगते थे। गाँव ख़ामोश नहीं था। सभी उम्रों के अपने तमाम बाल-बृद्ध, स्त्री-पुरूष निवासियों के साथ गाँव अपनी सभी तरह की दैनिक, सामान्य हरकतों में व्यस्त था।

❐

लेकिन एक अकेले बाघ की हरकत ने, उसकी मात्र एक कार्रवाही ने पूरे गाँव की हरकतों पर रोक लगा दी थी। पूरे गाँव को एकदम चुप करा दिया था। उसके सब रहवासियों की अक्ल ठग ली थी। उसने कबड्डी खेल रहे, उछलते-कूदते, ज़िन्दा और मरने से इंकार करने वाले समस्त ज़िन्दादिल खिलाड़ियों की साँसों को भी ख़त्म कर दिया था। हवा में उछालें लेती हुई कबड्डी, कबड्डी, कबड्डी, कबड्डी की उनकी तेज़ पुकारें एक झटके में बन्द हो गयी थीं। उस अकेले बाघ ने उन सब को मार दिया था। सामूहिक तौर पर मार दिया था। गुल्ली-डण्डे के उस खेल में बाघ भी शामिल हो गया। उसने भी भांचो मार लिया था। अपने डण्डे से गाँव की गुल्ली को उछाल कर बाघ ने कहीं इतनी दूर फेंक दिया था कि उसे ढूँढ पाना अब असंभव हो चुका था। बाघ ने गुल्ली को न जाने किस दूरी पर फेंक दिया था। गुल्ली को ग़ायब कर देने के कारण बाघ को अचानक हासिल हो उठी बेशुमार पीढ़ियों की अब कोई गिनती ही नहीं की जा सकती थी। श्रीधर सेठ उसका ऋणी बन गया था। उसे अपने जीवन की चिन्ता सताने लगी थी। वह अपने बचने की तदबीरें सोचने लगा था। सेठ की मज़े में चाय सुड़कने का शोर भी ख़त्म हो गया था। उसके घर में मुर्दनी-सी छा गयी थी। सेठ को अचानक दुश्चिंताओं ने घेर लिया था। हालाँकि बाघ ने उस सेठ का व्यक्तिगत तौर पर कुछ भी नहीं बिगाड़ा था। लेकिन बाघ की उस हरकत से सेठ को बड़ा झटका यह लगा कि उसे अपने को गाँव के बाकी सामान्य निवासियों की पंगत में, उन्हीं सब की बराबरी पर शामिल हो जाने का अहसास होने लगा। इतना ढीठ, ऐसा मूर्ख, ऐसा मक्कार बाघ!

गाय ऊँचे भीटे के किनारे एक खेत में शांतिपूर्वक चर रही थी। उससे करीब बीस फुट की दूरी पर एक खड़ीक का पेड़ था। बाघ ने शायद इसी खड़ीक के पेड़ के पीछे अपने बदन को छुपा कर घात लगाई होगी। कोई दूसरी संभावना हो ही नहीं सकती थी।

❐

खेत के करीब, उसके बिलकुल सामने नेगियों की बस्ती थी। उन घरों में मौजूद सभी लोग भी हमेशा की तरह घर-बाहर के अपने-अपने काम-धन्धों में व्यस्त थे। बच्चों का कबड्डी

का वह खेल उन्हीं के आँगन में चल रहा था। बाध ने अपनी जासूस बुद्धि का भरपूर उपयोग करते हुए तमाम चीज़ों का जायजा लिया होगा। इस वक़्त कौन क्या कर रहा है? कुल चीज़ों का जायजा लेने के बाद उसने अपने लम्बे बदन को छुपा लेने के स्थान का चयन किया होगा। वह स्थान चुना होगा जहाँ से उसे छलाँग लगा कर गाय पर हमला करना था। उसे मालूम हो गया था कि इस मौके पर पाखा गाँव के कुल निवासी अपने-अपने सामान्य धन्धों में रमे हुए हैं। हर आदमी अपना राग छेड़ रहा है। गाय की ओर किसी का ध्यान नहीं। गाय की ओर हेरने की किसी को फ़ुरसत ही नहीं। तब गाय की पीठ की ओर से, दोणिया-रौ की ओर से, और जगहों से दिखाई न देने वाले वन-क्षेत्र की ओर से, बहुत सावधानी से दुबकता हुआ, और उस वक़्त अपने पूरे, लम्बे बदन को दबाते हुए खेत की मिट्टी के स्तर की बराबरी पर मिल कर चलता हुआ वह चुपचाप खड़ीक के उस पेड़ के पीछे पहुँच गया होगा और वहाँ दुबक गया होगा। वहाँ से भी वह गाय को ताकता रहा होगा। और एक बार वहाँ पहुँच जाने के बाद बहुत ख़ुश हो कर अपनी तैयारियाँ करते हुए उसने गाय को चरते रहने की छूट दे दी होगी। चर ले गाय! तू कुछ घास और चर ले। थोड़ी देर तक और चर ले। भूखे पेट मरने में वैसे भी कोई तुक नहीं। भर ले, तू ठीक तरह से, बग़ैर किसी भय या आतंक के, अपना पेट भर ले। मैं कुछ देर तक और रुका रह सकता हूँ। इतना तो मेरे वश में है। तेरे छक लेने के बाद कर लूँगा मैं अपने भूखे पेट का जुगाड़। हम दोनों भूखे हैं। इसलिये पहले तू, तब मैं। फिलहाल मैं अपनी ओर से कोई ऐसा शोर नहीं होने दूँगा कि तू चौंक उठे। तू निश्चिन्त हो कर, और निर्विघ्न रूप से, घास चरती जा। जैसी तेरे लिये घास, वैसे मेरे लिये तेरा बदन। तू भी खा ले, मैं भी खा लूँगा। तू नरम, हरी घास की तरफ लपकती है, मैं तेरे जैसे चिकने, पुष्ट बदन के किसी पशु की तलाश में रहता हूँ। अब और ज़रा-सी देर की बात है। मुझे विश्वास है कि तुझे यहाँ से घर जाने की अभी कोई जल्दी नहीं। और घर जा कर तू अब करेगी भी क्या? शिकार को आभास न होने पाये। घात ऐसे ही लगाई जाती है। ऐसे ही घात लगाता है बाघ।

❐

बाघ या मनुष्य शिकारी। दोनों अपनी साँसों को पूरी तरह रोक कर अपने काम को अंजाम देते हैं। एक झटके में कर देना होता है अपना काम पूरा। ऐसे मौके पर एक पल का, सिर्फ़ एक पल का विलम्ब बेहद मँहगा पड़ सकता है। काम को अंजाम ऐसे दो कि अगले को कुछ आभास ही न होने पाये। कोई ख़बर ही न लग सके। तुम्हारी लापरवाही से कहीं एक पत्ता हिला नहीं कि शिकार ग़ायब। घास का कोई तृण तक न हिले, अपनी जगह को न छोड़े। हवा भी ख़ामोश रहे यानी उस हवा के पूर्ववत् स्वाभाविक बहाव में कोई दखल दे रहा है, ऐसा महसूस न होने पाये। तब हो सकता है शिकार। कोई-सा शिकार। बाघ के द्वारा शिकार या तोपची के द्वारा शिकार। बाघ का शिकार या तोपची का शिकार।

शिकार, शिकार होता है। बाघ एक शिकारी होता है। और आदमी, जिसे हम तोपची कहते हैं, वह भी शिकारी ही होता है। उस मामले में वे दोनों एक होते हैं। उस मामले में उन दोनों में कोई फर्क नहीं होता। जो मनुष्य-शिकारी होता है, शिकार के मामले में उसका असली गुरू भी बाघ ही होता है। उसे काफ़ी कुछ बाघ से ही सीखना होता है। सिर्फ़ गोली चलाना एक ऐसी कला है जिसका सीधा प्रशिक्षण बाघ से नहीं लिया जा सकता। उस विद्या के अलावा, शिकार करने के मामले में, शिकारी को बाकी तमाम चीज़ों, अन्य सभी चीज़ों की सीख बाघ से ही लेनी होती है। गुरू से आगे न बढ़ सका, उससे ज़्यादा धैर्य न रख सका, उससे ज़्यादा चपलता न दिखा सका, दिल को मज़बूत कर कुछ और ज़्यादा साहस न बटोर सका तो शिकारी बेकार हो गया। इसका मतलब उसने गुरू से ठीक तरह से दीक्षा नहीं ली। कुछ बाकी रह गया सीखने को। कोई पाठ अधूरा रह गया। या पढ़ने से ही छूट गया। पाठ हरगिज़ नहीं छूटना चाहिए। यहाँ सब कुछ ठीक-ठीक याद करना पड़ता है। शुरू से आख़ीर तक। गुरू गुड़ हो तो चेले को शक्कर होना ही चाहिए। नहीं हो पाया तो गुरू उसे एक ही झटके में कोई ऐसा सबक सिखा देगा कि उस घटना के उपरान्त, अगर जीवन कायम रह गया तो वह सबक उसे आजीवन याद रहेगा। शेर का मुकाबला करने के लिए, उसका शिकार करने के लिए शिकारी का ख़ुद भी शेरदिल होना निहायत ज़रूरी होता है।

❐

बाघ ने खेत के किनारे घास चरती हुई गाय को नहीं गिराया, उसने जलधारा से अपने सर पर पानी भरी पीतल की पतेली ले कर चढ़ाई की सँकरी बटिया पर धीरे-धीरे, सँभल-सँभल कर अपने घर की ओर चलती आ रही शान्ति को गिरा दिया था। गाय शान्ति की माँ थी। गाय उसकी बेटी थी। और गाय उसका बेटा भी थी। कमाऊ पूत। वह असहाय बुढ़िया उस मर्मान्तक पीड़ा को सहन नहीं कर पाई थी। असहाय शान्ति बुढ़िया के जीवन में गाय की मौत का वह घाव कभी भर नहीं सकता था। इतनी बड़ी दुनिया में शान्ति का उस गाय के अलावा अब और कोई सगा बाकी नहीं बचा था। पिछले जमानों में, बचपन, जवानी, बुढ़ापे के लम्बे दौर में, रिश्ते या जान-पहचान के हिसाब से, जो भी उसके करीबतर थे, जितने भी सगे थे, वे सब जा चुके थे।

शान्ति के मन में पिछले कुछ दिनों से यह बात जोर मारती रहती थी कि दुनिया से विदा होने से पहले वह जीते-जी अपना गो-दान भी करवाती जाय। वह अपने जीवन को किसी डिब्बे की तरह, ठीक तरह से कस कर ढक्कन लगा कर, बन्द कर देना चाहती थी। जीवन का कोई भरोसा नहीं। न जाने किस दिन साँस पूरी हो जाय। साँस को एक न एक दिन पूरा होना है। यह दुनिया का नियम है। उसका कोई ग़म नहीं। आख़िरी साँस के बाद कुछ होगा नहीं। उसका कोई अपना है नहीं, जो उसके नाम से, मौत हो जाने के बाद उसकी मुक्ति के लिए कुछ भी कर ले। कर ले या करवा ले। गो-दान,

पिण्ड-दान, घाट पर के कुल कर्म, गरुड़-पुराण, तेरहवीं, हवन, सप्ताह-पाठ, जप, यज्ञ, श्राद्ध इन सब के बदले गो-दान। दानों का दान गोदान। ईश्वर के दरबार में उसकी मान्यता हो जायेगी। सभी कुछ पूरा कर लिया गया मान लिया जायेगा। देवी-देवताओं को सब कुछ दिखाई देता है। वे भी तो देख ही रहे हैं मैं अपना जीवन किस तरह गुज़ार रही हूँ। मेरे एक-एक दिन कैसी दीन हालत में, कैसे-कैसे अभावों में कट रहे हैं। ऐसे में मैं जितना कुछ भी कर सकूँ उसी को मेरी ओर से दान, पुन्न सभी कुछ कर दिया गया मान लिया जायेगा। मेरे लिये तो गो-दान करना ही कोई बड़ा यज्ञ करवाने से भी एक बड़ा आयोजन मान लेंगे देवता लोग। एक फूल के चढ़ा देने पर, एक अकेली धूप-बत्ती के जला देने पर उसकी एक लट की सुगन्ध मात्र से सन्तुष्ट और प्रसन्न हो कर वरदान देने को आतुर हो जाने वाले देवी-देवता।

-पण्डितजी! मैंने कई बार सोचा कि अपनी इस खाल पर साँस के चलते अपना गो-दान करवा लूँ। इस ज़िन्दगी में और तो कुछ किया नहीं मैने। कोई तीर्थ, कोई यज्ञ, कोई सप्ताह। कोई हवन, कोई पाठ। कोई पुन्न, कोई दान, कोई धर्म। कुछ भी नहीं कर पाई। और इस शरीर का अब कोई भरोसा नहीं। बोलो तो, किस दिन ठीक रहेगा?

-गो-दान के लिए कोई दिन-बार नहीं निकालना पड़ता चाची। जिस दिन ठीक समझो करवा लेना गो-दान।

-कोई अच्छा दिन?

-गो-दान करने के लिए हर दिन शुभ दिन होता है चाची। मैं तो घर का आदमी हूँ। बुला लेना किसी भी दिन।

लेकिन गरीबी बहुत बुरी चीज़ होती है। वह गाय तो उसका सम्बल है। एकमात्र सहारा। गाय को अपने घर से विदा कर देगी तो उसके बाद उसके पास अपने गुजारे का कोई सहारा बाकी नहीं बचेगा। गुजारा भी टूटेगा और गाय का साथ भी छूट जायेगा। गाय के दूसरे घर के खूँटे पर चले जाने के बाद वह ख़ुद कैसे ज़िन्दा रह पायेगी? खायेगी क्या? शान्ति गाय को नहीं पालती, कायदे में यह भोली है जो उसका पालन कर रही है। उसका स्वभाव देख कर भोली नाम रखा था बुढ़िया ने अपनी बछिया का। एक छोटी-सी मासूम नजरों वाली, प्यारी-प्यारी बछिया, जो अब गाय बन गयी थी। सचुमुच भोली थी। कुछ साल पहले इसी खूँटे पर जन्मी थी भोली। भोली की माँ नहीं रही। शान्ति की ज़िन्दगी के अकेलेपन को दूर कर देती है भोली। उसे देखने मात्र से वह अपना अकेलापन बिसार जाती है। भोली को बेच कर किसी दूसरे घर भेज देने की बात शान्ति के दिमाग़ में कभी ठीक तरह से जम ही नहीं पाई।

❒

शान्ति के जीवन का एक मात्र सम्बल। एक बार दान कर देने के बाद, उसकी पूँछ पण्डित के हाथ में पकड़ा देने के बाद ऐसा कोई प्राविधान शास्त्रों में नहीं दिया गया है कि वह

गाय को फिर अपने ही खूँटे पर बँधा रहने दे सके। दान का संकल्प कर देने के बाद उस चीज़ पर फिर अपना अधिकार कैसे कायम रखा जा सकता है? दान का मतलब ही यह हुआ कि यह चीज़ अब मेरी नहीं रह गयी। अपनी इस कीमती, प्यारी चीज़ पर से मैंने अपना हक छोड़ दिया। दान करते हुए हाथ में जल ले कर संकल्प छोड़ देना पड़ता है। दान में दूसरे को दे दी जा रही चीज़ से अपना मधुर सम्बन्ध तोड़ देना होता है। यही सम्बन्ध मनुष्य को बाँधे रहता है। रिश्तों की माया। माया से मोह उपजता है। माया-मोह को नहीं तोड़ सकते तो मत करो दान। दान तो अपनी इच्छा से किया जाता है। उस मामले में किसी की ओर से कोई ज़बर्दस्ती नहीं होती। अपने मन से दान कर दिया तो कर दिया। शान्ति बुढ़िया सब कुछ सोचती रहती थी। बहुत कुछ सोचती रहती थी। शान्ति ऐसा दान करना चाहती थी कि उधर दाँवे से बँधी हुई, किसी दूसरे के द्वारा खींची जा रही भोली अनमने भाव से इस आँगन से बाहर निकले इधर अपनी खाल से इकहरी होती जा रही साँसें बाहर निकलने लगें। खूँटा भी खाली, घर भी खाली।

❒

गाँव बस्ती के, इलाके के पशुओं के किसी तिजारती ने उसकी गाय का व्यापार कर लेने के इरादे से कभी शान्ति के आँगन में पाँव धरने का साहस नहीं किया। सब को मालूम रहता है उस गाय को शान्ति कभी बेच नहीं सकती। लोगों ने कई बार शान्ति को भोली से बातें करते सुना है। इकतरफ़ा बातें। अपनी ज़िन्दगी की छोटी-बड़ी घटनाओं के बारे में बातें करती रहती है अपनी भोली से। पूरा-पूरा हिसाब बुझाती रहती है उसके पास। ऐसे ही जैसे कोई किसी आदमी या औरत से बातें कर रही हो। अपने खूँटे पर खड़ी भोली उसके मुँह से निकलने वाली सब बातें ख़ामोशी से सुनती रहती है। वह अपने मुँह से कोई जवाब नहीं देती। दे भी नहीं सकती। उस तरह नहीं दे सकती जिस तरह शान्ति उससे अपनी बातें कहती रहती है। लेकिन गाय सब जानती है, सब समझती है। शान्ति अपनी भोली से अपनी बातें कह लेती है तो उसके अपने मन को शान्ति मिल जाती है। भोली के कानों के भीतर अपनी बातें डाल देने के बाद उसका अपने मन का भार कुछ कम हो जाता है। मन हलका हो जाता है।

तिजारती जानते हैं कि उस बारे में, उस गाय को बेच देने के बारे में शान्ति से बात करना ही फिजूल है। गाय उसकी सहेली है। जीवन-संगिनी। गाय के बग़ैर वह जी नहीं सकती। अपने अकेलेपन को काटने का उसके पास दूसरा कोई ज़रिया नहीं। अपने हर काम को करने से पहले वह गाय के पास आ कर बात बता जाती है। खुलासा कर जाती है। गाय से उस काम का मतलब हो चाहे न हो।

-अब मैं ज़रा रसोई में जा रही हूँ।

गाय ख़ामोश खड़ी है।

-मैं ज़रा पानी लेने जा रही हूँ धारा पर। हैं? अभी लौट आऊँगी थोड़ी देर में।

-सग्वाड़ी से कुछ साग ले आती हूँ तोड़ कर।

भोली शान्ति से कभी यह नहीं पूछती कि वह अब क्या करने जा रही है।

ऐसे सवाल भोली न कभी पूछती है, न पूछ सकती है। फिर भी उसे अन्दाज़ रहता है कि वह कहाँ जा रही है।

लेकिन शान्ति ख़ुद ही बोले जा रही है। अपनी एक-एक बात भोली को बताए बग़ैर, हर चीज़ का हवाला दिये बग़ैर शान्ति को चैन नहीं मिलता। भीतर से कोई-सा काम करके आयेगी। बाहर खूँटे पर बँधी, ख़ामोश भोली को उसका हिसाब देने लगेगी।

-मैंने आटा गूँध लिया है। अब कलेवे की रोटियाँ बना लूँगी। साग कल रात का बचा है थोड़ा-सा। रोटियाँ बना लेने के बाद तवे पर गर्म कर लूँगी। उसी से काम चल जायेगा।

शान्ति कुछ बोलती है तो अपनी गर्दन ऊँची कर भोली एकटक उसकी ओर देखती जाती है। ऐसे देखने लगती है जैसे वह सब कुछ समझ रही है, शान्ति क्या-कुछ बोल रही है। रोटी के टुकड़े, बची हुई रोटियाँ, बची हुई दाल या सब्जी अक्सर भोली के पास भी पहुँचती रहती हैं।

भोली के अपने आँगन से निकल जाने के बाद उसके पास कुछ भी तो नहीं रह जायेगा। शान्ति गो-दान भी करना चाहती है लेकिन जैसे ही वह दान करने की बात सोचती है फ़ौरन यह ख़याल भी उसे परेशान करने लगता है कि अभी न जाने और कितने दिनों तक इस धरती पर कायम रहते रहने की नौबत आती है। जीवित रहना, ज़िन्दगी काटना उसके लिए एक कठिन काम है। सबसे मुश्किल काम।

❐

एक दिन परमा की बहू से बात करते हुए शान्ति बुढ़िया अपने मन के भीतर उमड़ते हुए दर्द को बाहर निकालने लगी थी। उस दिन वह बीमार हो गयी थी और बीमारी के कारण घर से बाहर नहीं निकल पा रही थी। उसे वैसी हालत में देख कर परमा की बहू उसके लिए धारा से पानी का बर्तन भर लायी थी। शान्ति ने लाख मना किया था। लेकिन वह ज़बर्दस्ती पानी लेने चली गयी थी। शान्ति, जो कभी ऐसी बातें किसी से नहीं करती थी, उस दिन कुछ हिल-सी गयी थी।

- ब्वारी! इस ज़िन्दगी में, जब तक साँस चल रही है, क्या नहीं चाहिए? नमक, तेल, जीरा-धनिया, कपड़ा-लत्ता। उन सब के अलावा अनाज। चाहे कितना ही मोटा-झोटा अनाज क्यों न इस्तेमाल कर लिया जाय। गेहूँ का आटा और चावल जितने दिन भी मिल जाय वही ठीक। लेकिन जब न मिले तो पेट पालने को कुछ न कुछ तो चाहिए। गेहूँ-चावल न सही, कोदा-झंगोरा, कौणी-कँडाली ही सही। मोटे अनाज वैसे स्वादिष्ट नहीं होते लेकिन उनसे भी पेट भरता है। वे भी आदमी को ज़िन्दा रखते हैं। और रहने के लिए एक घर। चाहे वह जैसा भी घर हो। और घर है तो उस घर को ऐसा तो होना ही चाहिए

कि आकाश पानी बरसाने लगे तो वह पानी सीधा घर के अन्दर दाखिल न हो सके। इन तमाम चीज़ों को रोज, हर रोज मेहनत करके, हाड़-माँस खपा कर, कमाना पड़ता है। अपने आप कोई चीज़ हासिल नहीं हो सकती। आसमान से कुछ नहीं टपकता।

-ठीक कह रही हो जी।

-अनाज कमाने का काम करोगे तभी तो मिलेगा अनाज। फसल-दर-फसल कमाना पड़ता है अनाज। अनाज के साथ दाल की, किसी भी तरह के साग की भी ज़रूरत पड़ती है। घर के भीतर पहुँचा लिया गया वह अनाज कच्चा तो नहीं चबाया जा सकता? उस अनाज को पकाने के लिए आग की, चूल्हे में जल रही आँच की ज़रूरत होती है। जंगल में जा कर वहाँ से पीठ पर या सर पर ढोते हुए लकड़ियाँ लानी होती हैं। घर के अन्दर दूर से पानी लाना होता है। बदन में शक्ति हो, चाहे न हो। ज़िन्दा लोगों के घर के अन्दर ये तमाम चीज़ें मौजूद रहनी चाहिए। आग भी और पानी भी और अनाज भी। और कूटा-पिसा भी। जब तक इस खाल के अन्दर साँसें चल रही हैं। जिसकी आगे कोई आस-औलाद न हो उसे अपने शरीर को ज़िन्दा रखने के लिए सब कुछ ख़ुद ही कमाना होता है। चाहे जैसे भी कमा ले। आदमी की जोन मिली है तो उस जीवन की रक्षा करनी पड़ती है। ऐसा नहीं हो सकता कि घर के अन्दर कुछ है नहीं तो आराम से भूखे मर जाओ। भूखा नहीं मरना चाहिए। चाहे जैसे भी हो ज़िन्दगी को खींचते रहना चाहिए। तब तक खींचते रहना चाहिए जब तक वह ख़ुद ही ख़त्म न हो जाय। कोई रोग-बीमारी लग जाय तो उसके आगे भी ख़ुद ही हार नहीं माननी चाहिए। उस रोग-बीमारी से भी अपने भरसक लड़ते रहना चाहिए। जो नहीं लड़ेगा उसके बारे में कहा जायेगा उसने आत्महत्या कर ली। अपनी जान अपने आप गँवा दी। आख़िरी बगत पर दुनिया के कायदे के ख़िलाफ़ काम कर गया। मर जाने के बाद कहेंगे लोग ऐंसा। कौन कहेगा, कि दुनिया कहेगी। दुनिया का मुँह कौन रोक सकता है? किसने रोका है आज तक?

- दुनिया का मुँह कोई नहीं रोक सकता जी।

- दुनिया को कुछ कहने का मौका नहीं देना चाहिए ब्वारी। अपने मर जाने के बाद भी नहीं। अपनी जान ख़ुद ही नहीं गँवानी चाहिए। ऐसे नियम हैं इस संसार के। मैं कभी तेरे गुण नहीं दे पाऊँगी ब्वारी। तू अपने घर के काम छोड़ कर मुझे ज़िन्दा रखने के लिए मेरे लिये हमेशा कुछ न कुछ करती ही रहती है।

- जी! तुम अपने मन में ऐसी बातें मत सोचा करो। मेरे धन्यभाग कि तुम्हारी कोई सेवा कर पाऊँ। मैं तो कुछ भी सेवा नहीं कर पाती तुम्हारी।

शान्ति अपनी ज़िन्दगी पर बार-बार विचार करती है। सोचती रह जाती है कि बहुत मुश्किल काम है दुनिया में ज़िन्दा रह पाना। और ज़िन्दगी के आख़िरी मौके पर पराश्रित हो कर रहना। मनुष्य की खाल के अन्दर उठती-गिरती साँसों को कायम रख पाना। यह तो सबसे मुश्किल काम होता है।

❐

वह बार-बार अपनी ज़िन्दगी की मुश्किलों पर, अपनी बेबसी पर सोचने लगती और जितना ज़्यादा विचार करने लगती अपनी छोटी-सी, ठिंगने कद की गाय पर उसकी पकड़ उतनी ही मज़बूत होने लगती। रात में सोए-सोए कई बार उसे ऐसा महसूस होता कि गाय उसके आँगन से निकल कर कहीं बाहर जाने लगी है। और उसके हाथ में सिर्फ़ गाय की पूँछ बाकी रह गयी है। उस पूँछ को वह और कस कर, और ज़ोर से पकड़ने लग जाती। मत जा भोली! इस आँगन को छोड़ कर तू अभी कहीं मत जा। अभी मैं ज़िन्दा हूँ। देख ले, अभी मेरी साँसें चल रही हैं। जब तक मेरी साँसें चल रही हैं तब तक तुझे कहीं जाने की ज़रूरत नहीं। इजाज़त भी नहीं। तब तक तू कहीं नहीं जा सकती। मैं तुझे कहीं बाहर से, किसी दूसरे घर के खूँटे से खदेड़ कर, खरीद कर नहीं लायी थी। तूने जन्म लिया था मेरे इस घर में। इस घर में जन्म लेने के कारण तुझ पर मेरा अधिकार कुछ ज़्यादा हो जाता है। मैं कहीं नहीं जाने दूँगी तुझे। जो पूँछ ब्राह्मण के हाथ में पकड़वानी है उसे वह ख़ुद ही ज़ोर से थामने लगी है। वायदा कर भोली! वायदा कर कि मेरे जीते जी तू मुझे अकेला छोड़ कर नहीं जायेगी।

उसके मन में दान करने का विचार भी जोर मारता रहता है। कथा सुनाते हुए पण्डित ने कहा था-जो चीज़ दुनिया में सबसे ज़्यादा प्यारी लगती हो, शास्त्रों के अनुसार उसका दान सर्वोत्तम दान माना जाता है। शान्ति इस ज़िन्दगी में ऐसा ही दान करके पुन्न कमाना चाहती है। पुन्न भी वैसे ही कमाया जाता है जैसे कि कोई फसल कमाई जाती है। वह अपनी सबसे प्यारी सम्पत्ति, अपनी गाय का दान कर देने की लालसा रखती है। गाय के दान करते ही पुन्न की पूँजी को अपने भीतर समा देने की कामना करती रहती है।

लेकिन उसकी ज़िन्दगी में वह दिन नहीं आ पाया कि वह भोली की पूँछ ब्राह्मण के हाथ में पकड़ा सके। उससे चूक हो गयी। हाँ, पर गाय भी तो अपना वायदा नहीं निभा सकी। गाय भी चली गयी उसे अकेला छोड़ कर। उन दोनों की ज़िन्दगी के बीच में एक बाघ आ पड़ा कहीं से। अचानक छलाँग लगाई उसने। धावा करके छीन ले गया उसकी गाय की जान। गाय को मार गया, शान्ति को अध-मरा कर गया और मरने-तड़पने को छोड़ गया। अब अपने बिस्तर पर लेटे हुए वह बड़बड़ा रही है—भोली! मैं तो तुझे बता कर गयी थी कि मैं पानी लेने धारा पर जा रही हूँ और वन से गाँव की ओर लौट रहे दूसरे पशुओं के साथ मिल कर तू ख़ुद ही घर पहुँच जाना। जैसे तू रोज पहुँती रहती थी। तूने धोखा कर दिया मेरे साथ। मुझे अकेला छोड़ कर चली गयी। नहीं भोली। तेरा कोई दोष नहीं। ग़लती मुझसे ही हुई जो मैं तुझे खेत किनारे निपट अकेले छोड़ कर वहाँ से चली आयी। बाघ! तुझे मेरी हाय लगेगी। तू भी मेरी ही तरह मरेगा। तड़प-तड़प कर मरेगा। अपनी मौत नहीं मरेगा, किसी और के हाथ से मारा जायेगा।

❐

वह मनहूस ख़बर, पलक मारते न मारते, पूरे गाँव में फैल गयी थी। गाँव की सबसे गरीब, बेसहारा बुढ़िया, शान्ति की गाय, भोली। बेहद अफसोस की बात। उसकी एकमात्र जायदाद। लोगों के पास कई-कई धन-चैन रहते हैं। गोठ भरे रहते हैं। गाय, भैंस, बछिया, बैल, भेड़-बकरियाँ और किसी-किसी के पास घोड़े भी और खच्चर भी। बिधवा, बेसहारा शान्ति, जिसके कोई अब आगे नहीं, पीछे नहीं। बेटा, न बेटी। आदमी इस संसार से कब का विदा हो चुका था। गाय का दूध बेच कर और उसकी सूरत को देख-देख कर, उसकी सूरत के सहारे किसी तरह अपना गुजारा कर रही थी।

❐

अपने खेतों के किनारे ही घास चरवा लिया करती थी वह अपनी गाय को। किसी ने सपने में भी नहीं सोचा था कि ऐसा भी हो सकता है। शान्ति की गाय के घर से थोड़ी ही दूरी पर, दिन के उजाले के कायम रहते, मार दिये जाने की बात जो भी गाँववासी सुनता उसे, बग़ैर बताए, फ़ौरन दुश्मन की याद आ जाती। बात गाय की और बाघ की सुनी या सुनाई जा रही है। दिमाग़ में जीवित हो रही है दुश्मन की मूरत। दुश्मन की तोपची छवि। सुनाने वाले के मन में और सभी सुनने वालों के मन में। गाँव-बस्ती के सभी लोग दुश्मन के कौशल और उसकी हिम्मत के बारे में जानते हैं।

-दुश्मन उस बाघ का सफ़ाया करके रहेगा।

- ऐसी गोली दाग़ देता है कि बाघ ज़मीन से एक बालिश्त नहीं उठ सकता।

-कोई बाघ आज तक बच कर नहीं जा पाया दुश्मन के पास से।

-उसके या उसके बाप के पास से।

-बाप-बेटे में एक जैसे गुण भरे हैं।

-दुश्मन के हाथ में उसकी बन्दूक होनी चाहिए, बस।

❐

उसका बाप गोबरसिंह, जिसे लोग जग्गू कहते थे, बेटे के जन्म लेते ही मर गया था। बिरादरी को पातक और सूतक एक साथ मनाने पड़े थे। पण्डित को रस्मों के हिसाब से दो एकदम उल्टे किस्म के काम-असहनीय ग़म और चरम ख़ुशी के काम, एक साथ करवाने में काफ़ी परेशानी झेलनी पड़ी थी। रीति-रिवाजों को ठीक तरह से निभाने का, क्रिया-कर्म करवाने का पूरा भार पुरोहित के ऊपर आ गया था। जजमान तो वही करते हैं जो पण्डित उनसे करवाता है। पहले मौत के ग़म का साया दूर करो। उसके बाद ही नये जीवन का उल्लास मनाया जा सकता है। और पण्डित कोई ग़लत काम करवा देता तो इलाके के, दूर-दूर के दूसरे ब्राह्मणों के बीच उसकी जग-हँसाई होने लगती।

पुत्र के जन्म लेते ही पति के अचानक चले जाने के बाद प्रसूता बिधवा अपने होश में नहीं थी। बच्चे की सूरत देख-देख कर रोती रहती थी। रोती थी और रोते-रोते फिर से उसकी सूरत देखने लगती थी। तब सहारे की एक क्षीण रेखा उसके दिल के किसी कोने में उभरने लगती और उसे धीरज देने लगती। बच्चे का नामकरण पण्डित ने नहीं किया था। बग़ैर किसी रस्म के उसकी माँ ने काम चलाने के लिए, पुकारते रहने के लिये ख़ुद ही उसे एक नाम दे दिया था। गाँव की किसी औरत को यह पूछने का उत्साह या साहस नहीं हुआ था कि तेरे बेटे का नामकरण संस्कार किस दिन होगा। ऐसे मौके पर इस तरह का सवाल नहीं पूछा जा सकता। ऐसे सवाल पूछने का यह मतलब निकाला जा सकता था कि पूछने वाली उसके पति की मौत पर छुपे-छुपे, मन-ही-मन ख़ुश हो रही है।

जन्मते ही बाप की मौत को आमंत्रित कर देने वाले नन्हें बेटे को वह दुश्मन कह कर पुकारने लगी थी। और उसका वही नाम चल निकला। ताज्जुब की बात यह कि उस नाम का जो दूसरा पर्याय होता है-शत्रु, वह भी पूरे गाँव की ज़ुबान पर चढ़ गया। कुछ लोग उसे दुश्मन कहते हैं, कई शतरू कह कर पुकारते हैं। कुछ ऐसे भी हैं जो दुश्मन शतरू कहते हैं। इस बात का दुश्मन को कोई मलाल नहीं। लोग जो भी कहते हैं, प्यार में कहते हैं। बाप ज़िन्दा होता तो उसने प्यार-दुलार में उसे पता नहीं कैसा और क्या नाम दिया होता? नाम देने का मतलब किस तरह से पुकारने लगता। सौणिया, फजीतू (फजीहतों का मारा), कुत्ता, डबलू, गबलू, फतरू, जुठिया (जूठन खाने वाला), फगणू जैसा कोई नाम या प्यारसिंह, हयातसिंह, हिम्मतसिंह, बग्वालिया सिंह (दीपावली के दिन पैदा होने वाला), बसन्तसिंह, दर्शनसिंह, सुन्दरसिंह, सौकारसिंह, जीतसिंह, जय सिंह, विजय सिंह, जितार सिंह जैसे नामों में कोई एक नाम। सिर्फ़ राजकुमार नाम नहीं दे सकता था वह उसे। वैसा नाम देता तो टिहरी जेल की हवा खाता। ख़बर पहुँच जाती रियासत की राजधानी नरेंद्रनगर में पहाड़ की चोटी पर बसे राजमहल के अन्दर। फलाँ गाँव के एक किसान ने अपने बेटे का नाम राजकुमार रख दिया है : और वारन्ट गिरफ्तारी आ जाता पट्टी के पटवारी के पास—पाखा गाँव के उस घरिया राजकुमार के बाप को गिरफ्तार कर टिहरी जेल के अन्दर पहुँचा दिया जाय। राजकुमार तो सिर्फ़ महाराजाओं के महलों में पैदा हो सकते हैं। राजघरानों की रानियाँ जनती हैं राजकुमार। प्रजा के घरों के अंधेरे, दुर्गन्ध और सीलन से भरे ओबरों में सौणू, बैसाखू, जुठिया, भादू, चोंच्या, मुस्सा, फजीतू ही जन्म लेते रहेंगे और उन्हें हमेशा उसी तरह के नामों से पुकारा जाता रहेगा। उन्हें राजकुमार कैसे कहा जा सकता है? बाप ज़िंदा रहा होता तो बात ही कुछ और होती। बेवा, बेसहारा, बेबस, दुःख की मारी माँ को अपनी बिपदा की उस घड़ी में जो नाम सूझ पड़ा, वह उसे उसी नाम से पुकारने लगी थी। जिसे दुश्मन कहती है वही इतनी भरी-पूरी दुनिया में उसे सबसे प्यारा है। अब जिसे अपनी जायी माँ दुश्मन कह कर पुकारती हो, गाँव वाले उसे शतरू कहने लगें तो इसमें कोई अचरज?

❐

बाद में, पूरी तरह होश सँभालने से भी काफ़ी पहले, दुश्मन को यह बात मालूम हो गयी थी कि उसका बाप एक तोपची था। असीम हिम्मत से लबालब एक बहादुर आदमी। इलाके का एक जाना-माना शिकारी, जिसकी शोहरत बहुत दूर-दूर तक फैली थी। गाँव-बस्ती को आतंक के साये में डुबा देने वाले जिस बाघ या भालू के या बनैले सूअरों की खूँखार, छुरिया टोली के धोरे फटकने की कोई हिम्मत न कर सके, जिसके आतंक के मारे लोग अपने घरों से बाहर पैर तक धरने का साहस न जुटा पा रहे हों, उसे ख़त्म करने का काम जग्गू को सौंप दो। उस खूँखार जानवर को गोली से ज़मीन पर बिछा कर इलाके के अन्दर पसरे आतंक को मिटा देगा। यों उस काम को सौंपने की वैसे कभी ज़रूरत नहीं पड़ती। जग्गू किसी के कहे बग़ैर ख़ुद ही मुस्तैद हो जाता है। वह काम उसे करना है, यह बात उसके दिल में ख़ुद ही बैठ जाती है।

❐

बूढ़ा शिवसिंह बालक दुश्मन को बता रहा है।

-उस भालू को बेटे, मेरे उतासू के खेतों में रोज-रोज आ कर वहाँ की फसलों का नुकसान करने की पाण[1] पड़ गयी थी। जंगल के एकदम पास, उससे मिले हुए खेत हैं, तू भी जानता ही है। किसी दूसरे गाँव की ओर जाने का रास्ता भी उधर नहीं है। गाँव के दूसरे लोगों का उस तरफ यों भी आना-जाना नहीं होता। उसके डर के मारे घर की बेटी बहुएँ उतासू की ओर बहुत डर-डर कर जाने लगी थीं। जाने कब वहाँ भालू प्रकट हो जाय? भालू के आतंक के मारे वहाँ अकेले जाना तो उन्होंने छोड़ ही दिया था। एक दिन ऐसा हुआ दुश्मन, कि जग्गू हमारे उतासू के पास चौंफाल के जंगल में लकड़ियाँ काट रहा था। उसे औरतों की चीखने-चिल्लाने की आवाज़ें सुनाई दीं। भागता हुआ वह उतासू पहुँचा। वहाँ मेरी छोटी बहू एक भालू से भिड़ रही थी। जग्गू के पास कुल्हाड़ी थी। उसने भालू पर वार करने के लिए अपनी कुल्हाड़ी उठाई। लेकिन भालू उसे इतना मौका नहीं दे रहा था कि जग्गू उसपर ठीक तरह से वार कर सके। भालू बहू को छोड़ नहीं रहा था। पूरी ताकत से चलायी जा रही कुल्हाड़ी अगर भालू के बजाय बहू के शरीर पर वार कर देती तो अनर्थ हो जाता।

-और बाकी लोग अलग खड़े थे दादा?

-नहीं बेटे, नहीं। अलग नहीं खड़े थे पर भालू उन्हें इतना मौका नहीं दे रहा था कि वे कहीं से भी, किसी भी दिशा से, उसपर वार कर सकें। हाथ में उठी कुल्हाड़ी के सामने कभी भालू होता, कभी उसकी धार की टक्कर में बहू आ जाती। काफ़ी खतरे का काम हो गया था कुल्हाड़ी से वार कर देना। तब जग्गू ने नंगे हाथ से भालू के बदन पर एक ऐसा धक्का दिया कि वे दोनों, भालू और बहू, ज़मीन पर जा गिरे और अलग-अलग हो गए। भालू ने बहू को छोड़ दिया और जग्गू पर हमला करने के लिए उसकी ओर लपक

---

1. आदत

गया। जग्गू वहाँ से बहुत तेज़ी से भागने लगा। भालू ने उसका पीछा किया। जग्गू नीचे की ओर, ढंगार की ओर दौड़ने लगा। जब खड़ी उतराई शुरू हो गयी तो भालू के सर के बालों की झालर उसकी आँखों के ऊपर लटकने लगी। वैसे में भालू को कुछ दिखाई नहीं दे सकता था कि आगे क्या है और क्या हो रहा है। तब बेटे, अपना धीरज खोए बग़ैर जग्गू ने एक ख़ूब बड़ी-सी जाड़ (पत्थर) को नीचे की ओर लुढ़का दिया और ख़ुद एक तरफ को हो लिया। गुस्से में भरा हआ मूर्ख भालू उस पत्थर के लुढ़कने की आवाज़ को सुनता हुआ उसका पीछा करने लगा तो पत्थर के पीछे-पीछे ख़ुद भी उसी ढंगार में जा गिरा। कालाढाँग के ढंगार में ऊपर से सीधे एक सौ फुट नीचे जा गिरा था उसका शरीर। गाँव वालों के लिए बाद में वह एक तमाशे की बात हो गयी थी।

❐

तेजसिंह गाँव से बाहर जा कर मोटर सड़क पर निर्माण विभाग के गैंग में बेलदारी का काम करता है। मोटर सड़क गाँव से पाँच मील की दूरी पर है। वहाँ तक उसे रोज अकेले ही आना-जाना होता है। छोटे-से बालक शतरू को वह अपने जीवन का एक किस्सा सुना रहा है।

-हमारे गैंग में रोज शाम के वक़्त हुकम सुनाया जाता है शतरू, कि कल की सुबह हमें किस जगह पर हाजिर होना है। वह जगह तुम्हारे घर से कुछ नज़दीक है या काफ़ी दूरी पर है इससे कोई फर्क नहीं पड़ता। सुबह को ठीक टैम पर तुम्हें ठीक उसी फर्लांग पर मौजूद पाया जाना चाहिए। इधर भी नहीं, उधर भी नहीं। कभी एक दिन भी मामूली देर हो गयी तो ओवरसियर का हुक्म–ऐसा करो, तुम अपने घर चले जाओ। अब मत आना कभी काम पर। हम दूसरा आदमी लगा रहे हैं। और काम की तलाश करने वाले, घरों में बेकार बैठे लोगों के गाँव-गाँव में ढेर लगे रहते हैं। ऋषिकेश के त्रिवेणी घाट पर तैरती मछलियों की तरह यहाँ गाँव-गाँव के अन्दर बेरोजगार आदमियों के ऊपर आदमी चढ़े रहते हैं। दो पैसे का लोभ दे कर जितने भी लोगों से जहाँ से जहाँ तक चाहो दौड़ लगवा लो।

- लोगों के पास कोई रोजगार नहीं हैं।

-उस दिन सुबह बहुत तड़के निकल गया था मैं गाँव से। रास्ते में मैंने देखा एक गाय मरी पड़ी है। उसके शरीर से ख़ून की धार बह कर रास्ते की चौड़ाई को पार कर उससे बाहर तक फैली थी। उस मरी गाय को देख कर शतरू, मेरे हाथ-पाँव ढीले हो गए। मुझे कँपकँपी छूटने लगी। गाय को जिस बाघ ने अभी-अभी मारा, वह हो सकता है, कहीं पास ही में छुपा हो। दुबका बैठा हो किसी झाड़ी के नीचे। वह मुझ पर भी हमला कर सकता है। मैं गाँव से करीब दो मील दूर निकल गया था।

- यह कहाँ पर की बात है चाचा?

-बामणी गली की बात है शतरू।

-हाँ, गाँव से तो तुम बाहर हो गये थे।

-बस्ती से दूर निकल गया था और वहाँ से अभी आगे सड़क पर पहुँचने के लिए भी कम-से-कम-तीन मील और लाँघने को थे। मुझे तो अपनी मोटर सड़क पर पहुँचने की जल्दी थी। बाकी दिन हमारी गैंग के लोग सयाँरी में इकट्ठा होते थे। उस दिन हमें बकल्या में हाजिर होने को कहा गया था।

- बकल्या के रास्ते तो जंगल और भी घना और रास्ता ख़तरनाक हो जाता है?

- अब तुम जानते हो बकल्या एक मील और आगे है, जो पगडण्डी हो कर जाओ। और मोटर सड़क पर पहुँच कर वहाँ जाओ तब तो वह और भी ज़्यादा दूर पड़ता है। मैं अपनी ठीक चाल से ही चल रहा था। पर गाय की मड़ी[1] को देख कर मैं पसीना-पसीना हो गया। मेरी समझ में नहीं आ रहा था कि आगे जाऊँ या पीछे की ओर भागने लगूँ। उसे देखते ही मुझे बघ्वा लग गया।

-मड़ी को देख कर बघ्वा?

- हाँ, शतरू। मेरे साथ ऐसा ही हो गया। मुझे मड़ी को देख कर और फिर उसे मारने वाले बाघ के बारे में सोचने से ही बघ्वा लग गया। वहाँ पर मक्खियाँ भी भिनभिना रही थीं। दुर्गन्ध भी फैल रही थी, वह गाय की मड़ी से निकल रही थी कि बाघ के बदन की थी कि मरने वाले और मारने वाले दोनों के बदनों से उपजी, आपस में रल गयी मिली-जुली दुर्गन्ध थी मुझे कुछ भी मालूम नहीं हो पा रहा था। लेकिन उसे सूँघते ही मुझे बघ्वा लग गया था।

- कोई और आने-जाने वाला नहीं पहुँचा था चाचा वहाँ तब तक?

- और कोई नहीं पहुँचा था शतरू। उस वक़्त वहाँ कोई दूसरा आदमी उतनी सुबह क्यों जाने लगता? असल में उस दिन मुझे और दिनों के मुकाबले यों भी ज़रा और जल्दी निकलना पड़ा था घर से। उस दिन हमारी सड़क पर मुख्य मन्त्री आ रहा था लखनऊ से। महाराजा के राज-गद्दी से हटा दिये जाने के बाद टिहरी-गढ़वाल रियासत में पहली बार कोई मुख्य मन्त्री आ रहा था। हमारे अफ़सरों की नींद-भूख ग़ायब हो गयी थी कई दिनों से। सरकारी गाड़ियों से वे सड़क पर दिन भर में पता नहीं कितने-कितने चक्कर लगाने लगे थे। उन दिनों हमारा खाना-पीना और सच कहूँ, हगना तो दूर, मूतना तक मुश्किल हो गया था। कहीं दूर से भी कार के आने की घूँ घूँ घूँ घूँ सुनाई देने लगती तो हम चौकन्ने हो कर काँपने लग जाते। न जाने कौन साहब लोग आ रहे हों। उन दिनों सड़क पर एक गारा तक नहीं दिखाई दे सकता था। सड़क को बाकायदा चमकते रहना चाहिए। एकदम साफ़ दिखाई देना चाहिए। झाड़ियों की टहनियाँ तोड़ कर उनसे सड़क को उसकी पूरी लम्बाई में बुहारने को कहा जाता था। जैसे कोई अपने घर के भीतर कमरे के फर्श की सफ़ाई कर रहा हो। और सफ़ाई करने के अलावा मरम्मत के बाकी काम तो रहते ही थे। उस दिन जो बेलदार ग़ैरहाजिर होता या ज़रा भी देरी से पहुँचता उसकी नौकरी उसी दिन ख़त्म कर दी जायेगी। ऐसा डर बैठ गया था हमारे दिलों के भीतर। गाय की

---

1. मृत देह

मड़ी और उसके बदन से निकली ख़ून की नदी को वहाँ पर देख कर पहले तो मेरे होश हवाश ग़ायब हो गए। तब मैंने सोचा अब यहाँ पर खड़ा रहना तो एकदम बेकार है। पीछे लौट जाना भी ठीक नहीं, जब यहाँ तक आ ही गया हूँ। बाघ मुझे पकड़ना चाहेगा तो कहीं पर भी हमला कर सकता है। तब गाय की मड़ी के अलावा उसे मेरा मड़ा[1] भी मिल जायेगा। उस वक़्त मैं तो ख़ुद ही मड़ा बन चुका था।

- तुम्हें अपनी नौकरी की भी चिन्ता रही होगी चाचा?

- वही चिन्ता मुझे राह पार करा गयी शतरू। मैंने सोचा अब जो होना होगा, हो जायेगा। इस बाघ से एक और बड़ा बाघ आ रहा है आज हमारी सड़क पर। मोटर सड़क तक पहुँच जाऊँगा तो ठीक। ज़िन्दा भी रह जाऊँगा और आइन्दा नौकरी भी कर लूँगा। नहीं पहुँच पाया तो ज़िन्दगी भी ख़त्म और नौकरी तो ख़त्म ही ख़त्म। जब जान ही नहीं रहेगी तो नौकरी की बात ही कहाँ उठती है।

- पहुँच गये थे चाचा, तुम ठीक बगत पर?

- मुझे तो बघ्वा लगा था शतरू। मैं कोई अपने वश में थोड़े ही चल रहा था। एक बाघ का खौफ दौड़ाने लगा था मुझे। ठीक बगत से भी पहले पहुँच गया। सड़क पर पहुँचा और मैं धम्म से ज़मीन पर बैठ गया। मेरा मेट और ओवरसियर समय से पहले मुझे वहाँ आया देख ख़ुश हो गए। उन्हें मालूम था मुझे कितनी दूर से आना होता है। शाबाशी देते हुए मेरा मेट मेरी पीठ थपथपाने लगा था। पर मैं तो डर के मरे थर-थर काँपने लगा था। जैसे कोई बाक् बोलने वाला बाक्की[2] अवतरण के मौके पर काँपने लगता है। मेरी ज़ुबान से कोई बोल निकल ही नहीं पा रहा था। ओवरसियर घबरा गया।

- तेजू! तू ऐसे क्यों काँप रहा है तेजू? क्या हुआ, क्या?

- मेरे मुँह से कोई बोल नहीं छूट पा रहे थे।

- कुछ तो बता। अरे, अरे! इसे किसी प्रेत ने तो नहीं कर लिया वश में? इसकी बाक क्यों बन्द हो रही है?

- बा ऽ ऽ ऽ घ।

उससे ज़्यादा मैं कुछ नहीं बोल सका।

- मेरे ओवरसियर ने समझा मैं मुख्य मन्त्री के दौरे की वजह से डर रहा हूँ।

-उस बाघ से तू क्यों डर रहा है? तुझसे मतलब? तुझे तो वह कुछ भी नहीं पूछेगा। हमारे साहब लोग हैं। साहब लोग कहेंगे जो कुछ भी कहना होगा।

- रास्ते में गा ऽ य मा ऽ ऽ री है बा ऽ ऽ घ ने। अब मैं वा ऽ पिस कैसे जा ऽ ऊँगा?

- इस बात का तस्बिया उस बड़े बाघ के यहाँ से गुजर जाने के बाद हो जायेगा तेजू।

- बड़ा बाघ। हमारा ओवरसियर उसे बड़ा बाघ कह रहा था। हमारी रियासत में उससे पहले महाराजा का राज रहता था। महाराजा का नाम सुनते ही हमारे लोग थर-थर

---

1. मृत देह 2. भविष्यवक्ता

काँपने लगते थे। महाराजा को हटाया गया तो उसकी जगह पर डी. एम. राज करने लगा। अब उस डी. एम. से भी एक बहुत बड़ा हाकिम लखनऊ से राज चलाता है। जो नाराज़ होने पर डी. एम. को भी नौकरी से अलग कर सकता है, उसे कहते हैं मुख्य मन्त्री। हम तो यहाँ तक नहीं जानते थे कि कोई सबसे बड़ा हाकिम होता है जिसे मुख्य मन्त्री कहते हैं। हमारी रियासत में सिर्फ़ महाराजा होता था, कोई मुख्य मन्त्री होता ही नहीं था। हमारे लिये तो तमाम बाघों से बड़ा बाघ हुआ मुख्य मन्त्री। और शतरू, उसके थोड़ी ही देर बाद सड़क पर हाकिमान की जीपें दौड़ने लगीं। अलग-अलग विभागों के अफ़सर लोग। सब-के-सब देशी अफ़सर। मैदानी इलाके के बड़े शहरों से पहाड़ पर आने वाले लोग। पहाड़ी हाकिम एक भी नहीं। कसम खाने के लिए भी नहीं। हमारे छोटे साब भी आये। पुनीत कुमार कंसल नाम था उस का। बहुत तेज़ चाल से धड़धड़ाती हुई जीप हमारे पास पहुँच कर अचानक एक झटके के साथ थमी। उसके ठीक तरह से रुकने से पहले छोटे साहब ने सड़क पर छलाँग लगा दी। हम लोग घबड़ा गये कि क्या हो गया है।

- पार्थिव, मुख्य मन्त्री आ रहा है कि कहीं से बाघ का धावा हो रहा है!

- बाघ साहब, बाघ?

- अरे, बाघ से भी कोई उतना नहीं डरता होगा। बाघों से भी बड़ा बाघ।

ओवरसियर की कुछ समझ में नहीं आ रहा था कि छोटे साब बोलना क्या चाहते हैं।

- डी. एम. भी बहुत डरा हुआ है। अपने होश हवाश खो बैठे हैं सब रेवेन्यू वाले। सभी अफ़सरों की घिघी बँध रही है। बघ्वा लग गया है सबको, बघ्वा।

छोटे साब की बातें हम लोग कुछ समझ ही नहीं पा रहे थे।

छोटे साब ने अपनी बात खोली–आज सुबह अचानक डी. एम. साहब को इस बात का पता चला कि लंच की तो ठीक-ठाक व्यवस्था हो गयी है पर उसके बाद मुख्य मन्त्रीजी के लिए पान का कोई इन्तज़ाम नहीं किया गया है। मुख्य मन्त्रीजी बनारसी हैं। उस वक़्त बंगले के अन्दर डी.एम. के पास हमारे बड़े साहब बैठे थे। पान वाली कमी की बात की जानकारी होते ही डी.एम. के मुख पर हवाइयाँ उड़ने लगीं। बड़े साहब से अपनी बात कहने लगा।

- बंसल! इस छोटी-सी बात का पहले से किसी को ख़याल ही नहीं रहा? लेकिन यह बात छोटी-सी बात नहीं रह जायेगी। मुख्य मन्त्रीजी के सामने मगही पान भी नहीं होगा और बनारसी कत्था भी नहीं होगा।

-कत्था कहाँ से होगा साहब? और बनारस में तो पान के अलावा उसका कत्था भी अपने ही ढंग का बना होता है। वैसा कत्था तैयार करना सबके वश का तो होता नहीं है सर।

- तब उस कत्थे की जगह पर लाल स्याही प्रकट हो जायेगी बंसल। फैलने लगेगी निर्दोष काग़ज़ों पर। किसी न किसी की सी.आर.[1] पर लाल स्याही पुतवा देगा यह पान।

---

1. चरित्र रिपोर्ट

- यह तो बहुत चिन्ता की बात है सर!

- मुझे लगता है तीन पी[1] वाले यू.पी. के कुल गधे चुन-चुन कर यहाँ मेरे पास भेज दिये गये हैं। अब बनारसी मुख्य मन्त्रीजी के लिए एक मगही पान के पेश न किये जाने की वजह से जिला प्रशासन की भद्द पिट जायेगी। सारी दौड़-धूप बेकार हो जायेगी। ज़िले की प्रगति के बारे में मेरे कुल अफ़सरों के इतने दिनों की कड़ी मेहनत से तैयार किये गये सारे स्टेटमेंट्स, कुल रिपोर्टें धरी की धरी रह जायेंगी। सारा किया कराया बेकार। लखनऊ में चीफ़ सेक्रेट्री साहब सुनेंगे तो बहुत ख़फ़ा हो जायेंगे। अंग्रेज़ों के जमाने का आई. सी. एस. ऑफीसर। एक पान का पत्ता पूरे जिला एडमिनिस्ट्रेशन की चूलें हिला कर रख देगा। चूना पुतवा देगा सब के चेहरों पर।

- लंच लेने के बाद पान भी एक ज़रूरी चीज़ होता है इस चीज़ की ओर किसी का ध्यान नहीं गया सर?

- ध्यान किस का जाता? इतनी छोटी-सी बात इन गधों को मालूम नहीं रहती कि जब तक मंत्रियों के मुँह में पान की गिलौरी भरी रहती है और कत्थे का रंग चढ़ा रहता है तब तक शासन की फ़ाइलों पर से लाल स्याही ग़ायब रहती है।

- मुँह में पान की गिलौरी भरे रहने पर मन्त्रीजी कुछ बोल भी नहीं पाते हैं सर। सिर्फ़ अपना सर हिलाते रहते हैं। कभी आगे से पीछे और पीछे से आगे, कभी दायें से बायें और बायें से दायें। यह पता ही नहीं लग सकता कि मन्त्री जी ख़ुश हैं या नाराज़ हैं और वे अपने पान-भरे बन्द मुख से हाँ बोलना चाह रहे हैं कि मना कर रहे हैं किसी काम को करने से।

- दौरे पर आ निकले मंत्रियों का मुँह बन्द रखने का वह सबसे अच्छा तरीका होता है बंसल। एक अकेली गिलौरी उनके मुँह को सील-बन्द करके रख देती है। उसका स्वाद लेते-लेते मन्त्री जी अपने में ही झूमते, मुग्ध होते रहते हैं। प्रशासन की गम्भीर कमजोरियों की तरफ उनकी आँखें ख़ुद ही मुँदने लगती हैं।

- जी सर।

- और अब एक पान के न होने पर न जाने यहाँ किस-किस की किस्मत सील होने वाली है।

-ऐसा नहीं होने दिया जायेगा सर। हम लोग हैं सर। पान आयेगा सर।

-बंसल! क्या कह रहे हो बंसल? ज़रा कुछ सोच कर बोलो। पान आयेगा? कहाँ से आयेगा पान? टिहरी शहर में एक अकेली ठेली लेकर कोने-कोने में घूम-घूम कर पान बेचने वाले नारायणसिंह पनवाड़ी से पीपल का पत्ता ला कर पेश करना है बनारसी मुख्य मन्त्री जी के सामने? देखिए सर! हाल ही में आज़ाद हुई टिहरी-गढ़वाल रियासत के आम प्रजाजन डाल से टूटे कैसे-कैसे बकले-मोटे पत्तों को पान की तरह चबा-चबा कर ज़िन्दा रह जाते हैं सर!

---

1. प्रोबेशन, प्रमोशन, पनिशमेंट

- टिहरी शहर से नहीं सर, देहरादून से आयेगा पान।

- देहरादून कोई धार के उस पार है बंसल? कितनी दूरी पर है देहरादून?

- सतहत्तर मील की दूरी पर है सर। और अभी सुबह हो रही है। पान आयेगा सर।

- लंच से पहले आ सकता है पान?

- मुख्य मन्त्रीजी के लंच लेने से पेश्तर पान हाजिर कर दिया जायेगा सर।

उस वक़्त बड़े साहब को अपने ओवरसियर पार्थिव सिनहा की याद आयी। निर्माण विभागों में जो काम किसी के वश का न हो उसे ओवरसियर के हवाले कर दो। और रेवेन्यू में तहसीलदार को ज़िम्मेदारी सौंप दो हर ऐंडे-बैंडे काम को निभाने की। काम पूरा हो जायेगा। काम पूरा हो कर रहेगा। चाहे कैसा ही उल्टा-सीधा काम क्यों न हो।

दुनिया में कोई ऐसा काम नहीं हो सकता जिसे तहसीलदार या ओवरसियर पूरा न करवा सकें।

ग़ुलाम भारत पर अपने प्रशासन की जकड़ मज़बूत रखने के लिए ये अंग्रेज़ के बनाए, बताए हुए नुस्खे थे, जो आज भी सही साबित होते हैं। प्रशासन के हर संकट के समय ये नुस्खे कारगर हो जाते हैं।

❐

बड़े साहब बंगले से बाहर निकले और वहाँ पहुँच कर उन्होंने छोटे साहब के कान में कुछ कहा। छोटे साहब ने बड़े साहब की जीप के ड्राइवर को बुलाने के लिए अपने मुँह से एक आपातकालीन आवाज़ हवा में फैलायी।

-मुरा ऽ ऽ ऽ री ई ई!

एक आवाज़। सिर्फ़ एक आवाज़। उस ऐन मौके के बेहद ज़रूरी एक ख़ास आदमी के लिए उस अकेली, बेहद लम्बी, बहुत ऊँचे स्वर में हवा में उछाली-पठायी गयी तेज़ आवाज़ ने वहाँ खड़े सभी फ़ोर्थ क्लास वालों को—चौकीदारों, चपरासियों, अर्दलियों, ड्राइवरों, रसोइयों, मेटों, बेलदारों को चौंका दिया। उसे सुन कर वे सबके सब सकते में आ गए। अपनी-अपनी जगहों पर खड़े तहसीलदार, कानूनगो, पटवारी भी घबड़ा उठे। ऐसा लग रहा था कि जैसे छोटे साब को बघ्वा लग गया हो। छोटे साब की वह कातर आवाज़ बता रही थी कि कहीं गड़बड़ हो गया है। कुछ भारी गड़बड़। अन्दर बैठे डी.एम. साहब को या बाहर खड़े साहब लोगों में किसी को कुछ हो गया है। कोई गश आ जाने जैसी अनहोनी बात। कुछ ऐसा हो गया है, जो नहीं होना चाहिए था।

(कहीं दूर से)-जी ई ई सा ऽ ऽ ब! जी ई ई सा ऽ ऽ ऽ ब!

घबड़ाया हुआ ड्राइवर दौड़ता चला आया।

(एकदम पास आ कर, एक झटके के साथ रुकने के बाद) - जी ई सा ऽ ब?

ड्राइवर मुरारी के एक पाँव में जूता था, दूसरा पाँव नंगा था।

-पार्थिव को पकड़ना है। साइट पर पहुँच गया होगा।

जीप हवा से बातें करने लगी।

पार्थिव अध-पागल था। वह जब गाड़ी चलाता था तो रियासती जमाने की बनी सँकरी, कच्ची सड़क पर चल रही दूसरी गाड़ियों के ड्राइवर उसे अपनी ओर आते देख अपनी जान बचाने के लिए घबड़ा कर ख़ुद ही सड़क के किनारे पर चले जाते थे। अपनी गाड़ी को एक तरफ लगा कर पूरी सड़क उसके लिए छोड़ देते थे।

छोटे साहब ने हमारे ओवरसियर को कहा- पार्थिव, अब तहसीलदार के काम भी हमें ही करने होंगे। देहरादून से पान लाना है, तुम यह जीप ले लो।

- आप साहब?

- मेरी क्यों फ़िकर करते हो? मैं लौट जाऊँगा। ऑफीसरों की गाडियाँ दौड़ ही रही हैं सड़क पर।

❐

उस दिन ऋषिकेश-टिहरी के बीच इक्यावन मील लम्बी, कच्ची, धूल-भरी, सँकरी मोटर सड़क पर चलने वाले कुल यातायात को ठप्प कर देने के ज़िलाधीश के आदेश की सूचना सम्बन्धित पुलिस चौकियों पर पहुँचाने की ज़िम्मेदारी तहसीलदार प्रतापनगर को सौंप दी गयी थी। उस जमाने में मोटर सड़क की चौड़ाई बहुत कम थी और सड़क कच्ची थी। उसपर इकतरफ़ा यातायात चलता था। एक तरफ को जा रही कुल गाड़ियों की कानबाई में सबसे आगे लाल झण्डी चलती थी। लाल झण्डी पाने वाला ड्राइवर उस झण्डी को पाने के लिए पुलिस को, परम्परागत अलिखित नियम के अनुसार, दो रुपये देता था। उसे दस्तूरी माना जाता था। वह रुपया सिर्फ़ ट्रैफिक पुलिस वाला नहीं खाता था, बहुत ऊपर तक पहुँचता रहता था। जिस बस को भी लाल झण्डी मिलेगी वह सबसे आगे चलेगी। रास्ते भर बस के इन्तज़ार में खड़ी तमाम सवारियाँ पहले उसी गाड़ी में सीट पाने की कोशिश करते थे। लाल झण्डी ले कर चलनेवाली गाड़ी में ठसाठस सवारियाँ भर जाती थीं। और दूसरा फ़ायदा यह होता था कि उसकी सवारियों पर धूल-गर्द की उस कदर बौछार नहीं होती थी, जैसी उसके बाद पीछे से चलने वाली गाड़ियों में सवार लोगों की हो जाती थी। सबसे पीछे चल रही गाड़ी के ड्राइवर को पुलिस वाले हरी झण्डी पकड़ा देते थे। किसी स्टेशन पर जब तक हरी झण्डी नहीं पहुँचेगी तब तक दूसरी दिशा से, सामने की ओर से आने वाली कुल गाड़ियों की कानबाई को रोक लिया जाता था। उन सबको वहीं खड़ा रखा जाता था। उस दिन रास्ते में पड़ने वाली पुलिस की ट्रैफिक चौकियों नागणी, आगराखाल और नरेन्द्रनगर को फ़ोन का चोगा उठाने से पहले दीवार पर लटक रहे फ़ोन के डिब्बे के चक्र को घुमा-घुमा कर, घुमा-घुमा कर आवाज़ को पहुँचाने के लिए हल्ला मचा-मचा कर दुहराते, तिहराते, ठीक तरह से सुन लिये जाने के लिए चहुराते हुए, यह हुक्म भेज दिया गया था कि किसी भी गाड़ी को किसी भी दिशा में आगे मत बढ़ने दो। पी.डब्लु.डी. के बड़े साहब की जीप नं. यू.पी.एस. 99 को पान लेने देहरादून भेजा जा रहा है। उसे रास्ते में

जाते-आते कहीं पर भी रोका न जाय। और उसके अलावा बाकी पूरी रोड पर चल रही तमाम गाडियों को जो जहाँ पर हो, वहीं पर रोक कर खड़ा करवा दिया जाय।

-पार्थिव सिनहा ड्राइवर की सीट पर जा बैठा। ड्राइवर पीछे बैठ गया। गाड़ी को स्टार्ट करते हुए उसने मुझे आवाज़ दी।

- तेजू?

- हाँ साब।

- बैठ पीछे।

- मैं भी जीप पर ड्राइवर के बगल में जा बैठा। जीप हवा से बातें करने लगी।

❒

देहरादून से पान ले कर हम लोग लौट आये। ओवरसियर ने मुझे उस जगह पर उतारा नहीं, जहाँ से देहरादून जाते वक़्त उसने मुझे गाड़ी पर अपने साथ लिया था।

जीप उस जगह पर, मेरे गैंग के पास पहुँची तो मैंने चिल्ला कर कहा -मुझे उतार दो साब। मैं यहीं रह लूँगा।

- तू मेरे साथ चल तेजू। यहाँ पर उतर कर क्या करेगा?

- टैम से, उजाला रहते अपने गाँव लौट जाऊँगा साब।

- थोड़ी देर बाद भी जायेगा तो क्या फर्क पड़ेगा?

- रास्ते में मुझे बाघ खा जायेगा साब।

- अभी पहले बड़े बाघ को आ जाने दे। उसे गुजर जाने दे। इस वक़्त मैं गाड़ी को रोक नहीं सकता। उसमें टैम बर्बाद हो जायेगा। अभी तो पहले बँगले पर पहुँचने की जल्दी है। बाकी सब बातें उसके बाद।

- तो शतरू, जीप रास्ते में कहीं रुकी नहीं। मैं भी टिहरी पहुँच गया। डाक बँगले पर हमारे पहुँचते-पहुँचते तमाम अफ़सर लोग वहाँ से खिसकने लगे थे। मुख्य मन्त्री के स्वागत के नाम पर वहाँ जमा हो गये काँग्रेसी नेताओं की भीड़ भी, दावत उड़ा लेने के बाद, छँटने लगी थी। मालूम हुआ कि कुछ देर पहले बैरलैस पर ख़बर आयी थी कि मुख्य मन्त्री का दौरा कैंसल हो गया है। नेता लोगों के वहाँ से खिसक जाने के बाद बँगले पर बनाया गया कुछ खाना अफ़सरों ने खाया, कुछ बचा रह गया। मुख्य मन्त्री की दावत का इंतजाम हमारे ही डिपाट की ओर से किया गया था। मेरे ओवरसियर ने उस बाकी बचे खाने से मुझे भी तृप्त कर दिया। खाते बगत मेरे मन में यह बात आ रही थी कि जो जिसकी किस्मत का होता है उसी को मिलता है।

- अनाज का दाना काका?

- हाँ शतरू। वैसी दावत मैं तो खा नहीं सकता था कभी। न अपने घर पर, न अपने किसी रिश्तेदार के घर। खाना तो दूर की बात कभी ऐसी सुन्दर, स्वादिष्ट चीज़ों के धोरे पहुँच जाने की बात भी नहीं सोच सकता था।

- उन स्वादिष्ट चीज़ों का रस लेने के बाद काका, तुमने वह पान खाया कि नहीं, जिसे लेने तुम देहरादून तक की उड़ान भर आये थे?

- हाँ शतरू, खाना खा लेने के बाद मैंने जैसे ही हाथ धोए मुझे उस पान को चखने की बात याद आ गयी। बहुत डरते हुए मैंने अपने ओवरसियर के सामने उसका स्वाद चखने की इच्छा प्रकट कर ही दी। पान के टोकरे पर तो हमारे वहाँ पहुँचते ही साहब लोगों का कब्ज़ा हो चुका था। लेकिन ओवरसियर ने कहीं से एक पत्ता मुझे भी लाकर दे दिया। उस दिन अपनी ज़िंदगी में पहली बार मैंने उस तरह का पान अपने मुँह के अन्दर रखा था।

❐

उस कहानी का दूसरा हिस्सा शतरू को तेजसिंह की घरवाली से सुनने को मिला था।

- उस दिन बेटा, तुम्हारा चाचा रात में घर नहीं लौटा, जैसा कि वह सड़क के काम से छुट्टी मिलने पर रोज लौट आता था। रास्ते में गाय को एक बाघ ने मार गिराया था। मुझे यह बात बाद में, उसके घर लौट आने पर मालूम हुई कि उस दिन तुम्हारे चाचा को पहले देहरादून और फिर टिहरी जाना पड़ा था।

मैं रात में कुछ देर तक उसकी राह देखती रही। गाँव के दूसरे लोगों की तरह मुझे भी यह बात मालूम हो गयी थी कि गाय की मड़ी पर जेठजी अपनी बन्दूक ले कर चले गये हैं। गाय के मार दिये जाने की ख़बर का सब को पता था। डरी हुई धसियारिनें उस दिन जंगल से बहुत जल्दी घर लौट आयी थीं। मैंने खाना बनाया और तेरे चाचा के घर लौट आने का इन्तज़ार करने लगी। देर तक वैसे ही बैठी रही। तब मैं घबरा गयी। गाँव के जितने भी लोग उस दिन घर से बाहर बामणी गली की तरफ गये थे, बिल्या खोला का गुँदरू, अयाँरी का सौण्या, बड़े गले वाली का पेटू, मल्या खोला का चोंचू, कुलफ्या का बिस्सा एक-एक कर मैं सबके घर गयी रात में।

-अकेले ही गयी चाची इन सब के घर?

-अकेले ही दौड़ती रही बेटे रात भर। और साथ किसे ले जाती मैं? सब को पूछती रही तुम्हारे चाचा के बारे में। उस दिन से पहले वह कभी बग़ैर बताए घर से बाहर नहीं रहा था।

- यह कब की बात है काकी?

-बहुत पहले की बात है बेटे। दो साल पहले मेरा ब्याह हुआ था। तब तक मेरे कोई बेटा-बेटी नहीं जन्मे थे। सास-ससुर मेरे थे नहीं। वे बहुत पहले मर गये थे। उन्हें मैंने कभी देखा ही नहीं। तेरे चाचा का ब्याह उसके चाचा ने किया था।

मैं घर पर अकेली थी। रात भर उसकी राह देखती रह गयी। खाना किसने खाना था? कमरे का दिया बलता रह गया। उसपर तेल ख़त्म होने को आता, मैं उसकी बत्ती को ठाँस कर उसे फिर तेल से भर देती। पूरे गाँव में, तेरे चाचा के बारे में पता लगाने

मैं जिसके घर पर भी जाती, मुझे यही बात सुनने को मिलती थी कि जेठजी बन्दूक ले कर गये हैं। कोई चिन्ता करने की बात नहीं। हर आदमी के मुख से यही बात निकलती थी कि बस्ती में किसी का कोई नुकसान हो ही नहीं सकता। रात भर मुझे उन्हीं सबकी बातों से सहारा मिलता रहा।

❐

अपने पिता के बारे में लोगों से सुनी अनेक जानकारियों ने दुश्मन को बहुत जल्दी, अपने हम-उम्र लड़कों से काफ़ी पहले, एक पूरे आदमी के रूप में तब्दील कर दिया था। शरीर बेहद दुबला-पतला। देखने से ऐसा लगता था कि तेज़ हवा चलेगी तो वह उसे कहीं दूर उड़ा ले जायेगी। लेकिन उसके मज़बूत कलेजे का कोई शेर भी मुकाबला नहीं कर सकता था। उसका तो मुकाबला ही बाघों से होता था। दूसरों से सुनी हुई इस तरह की कथाओं ने उसे एक बहादुर आदमी के रूप में ढाल दिया था। अपने बाप की कठिन लीक पर चलते रहने का दृढ़ निश्चय दुश्मन ने बचपन की किस उम्र में कर लिया था इस बात की उसे ख़ुद भी कोई ख़ास याद नहीं। वह अपनी माँ से कहता रहता था- मैं तोपची बनूँगा। बन्दूक से निकलने वाली गोली और उससे घायल हो कर ज़मीन पर लोट जाने वाले खूँखार शिकार के माध्यम से वह अपने बाप की सूरत के दर्शन करना चाहता था। बाप, जिसे उसने कभी देखा नहीं। जिसे देखने की उसे किसी भी किस्म की कोई याद नहीं। जब उसके बाप ने दुनिया से विदा ली उस वक़्त शतरू अपनी बई के साथ सौर में था। सौर-घर के अँधियारे कमरे की देहली पर खड़ा हो कर उसका बाप अपनी नज़रों से सिर्फ़ एक बार अपने नवजात बेटे की ओर देख पाया था, ऐसा शतरू के बड़ा हो जाने पर उसकी माँ उसे बताती थी। बहुत ख़ुश हुआ था वह अपने उस बेटे की सूरत को देख कर, जिसे उस वक़्त तक कोई नाम तक नहीं दिया जा सका था।

बाप- जिसके बारे में वह अभी तक सिर्फ़ किस्से सुनता आया था। अपने बाप का उसके घर में कोई चित्र, कोई फ़ोटो नहीं था। राजा के जमाने में किसी भी घर में किसी भी आदमी का फ़ोटो नहीं लिया जाता था। दूसरे लोगों से अपने बाप के किस्से सुन-सुन कर उसके मन में उसकी एक तस्वीर उभरने लगती थी। अपनी बई से और दूसरे लोगों से सुने हुए किस्सों से कतरा-कतरा जोड़ कर तैयार करने लगता था वह अपने बाप की तस्वीर अपने मन के भीतर। उसकी बहादुरी के, जान पर खेल कर पूरे कर दिये गये साहसी कामों के उन किस्सों को सुनते-सुनते उसे रोमाँच होने लगता था। इलाके के अन्दर का एक मशहूर तोपची, जिसकी गोली हमेशा अपने लोगों के जीवन की रक्षा करने के महान उद्देश्य से बन्दूक से बाहर निकलती थी। जग्गू है तो ग्रामवासी बेफिक्र हैं। उन्हें वनैले पशुओं से कोई डर नहीं। जग्गू है। गाँव के लिए जग्गू का मौजूद रहना ही काफ़ी है।

रक्षक। त्राता। मुक्तिदाता।

अपने बाप के किस्से सुनते हुए वह कल्पना करने लगता कि उसने ख़ुद भी बन्दूक हाथ में थाम ली है। और बाघ अपनी मारी हुई मड़ी पर आ गया है। और अब शतरू उस बाघ पर निशाना साधने लगा है। और उसने घोड़ा दबा दिया है। और उसकी बन्दूक से निकली गोली ने बाघ को वहीं पर, मड़ी के पास ही चित्त कर दिया है। दोनों मारे गये हैं। शिकारी और शिकार, अब वे दोनों एक साथ लेटे हैं। चिर-निद्रा में मग्न हो गये हैं। सगे भाइयों की तरह। एकदम आस-पास। रात में सोते हुए भी दुश्मन ऐसी ही कल्पनाओं में खो जाता। उसे ऐसे ही सपने आने लगते। उसके लोग उसे बेहद प्यार और असीम आदर की दृष्टि से देखने लगे हैं। अपने लोगों के बीच उसकी ख़ुद भी वैसी ही छवि, अपने पिता की जैसी छवि उभरने लगी है। दुश्मन को देख कर लोगों के मन में उसके पिता की याद ताजा होने लगी है।

❐

- हू-ब-हू अपने बाप पर गया है।

-बाप भी बिल्कुल ऐसा ही था।

-सूरत शक्ल भी वैसी ही।

-सुभाव भी अपने बाप का जैसा।

-जैसा बाप वैसा बेटा।

-भलों के भले, बुरों के बुरे।

लोग आपस में उनके, जग्गू के और दुश्मन के किस्से सुनाते-सुनते रहते हैं। और उन किस्सों को सुनते हुए कहानी सुनाने वाले और कहानी को सुनने वाले ख़ुद अपने को भी गौरवान्वित महसूस करने लगते हैं।

-हमारे बीच भी था एक जग्गू।

- हमारे बीच भी है एक दुश्मन।

- हमारा अपना दुश्मन।

-दुश्मन के कायम रहते हमारे इलाके का, हमारे लोगों का कोई बाल तक बाँका नहीं हो सकता!

❐

लेकिन उसकी माँ यह नहीं चाहती थी कि वह तोपची बने। दुश्मन की उम्र के हिसाब से जब तक माँ का उसपर वश चल सकता था, वह बहुत प्यार में, उसके (और अपने) भले की बात सोच कर उसे समझाती रहती थी।

- बेटा, तुझे पल्टनेर बनाएँगे। पल्टन में भर्ती होगा मेरा दुश्मन।

- मुझे पल्टन में भर्ती नहीं होना माँ।

- हरी वर्दी।

- मैं अपने फटे हुए, मैलखोरे सुलार में ठीक हूँ माँ।

- जो बेटी का बाप एक बार मेरे दुश्मन को वर्दी में देख लेगा वह किसी बीच के रिश्तेदार को ले कर रिश्ते की बात करने नहीं आयेगा। नहलायी-धुलायी, वेणी-गुँथी-बेटी को ले कर ख़ुद ही हाजिर हो जायेगा मेरे घर पर।

लेकिन पल्टन में भर्ती होने की बात, हरी वर्दी पहनने की बात, अपनी एड़ियाँ बजाते हुए, अपनी आज़ादी को ख़त्म कर, बदन को बेवजह तान कर, हाकिमान को सलामी बजाते रहने की बात शतरू को लुभावनी नहीं लगती थी। वह हमेशा अपनी मर्ज़ी के मुताबिक रहने का ख्वाहिशगार रहा है।

- मुझे पल्टन में नहीं जाना है माँ।

❐

शहर में पलटन की भर्ती खुली है। गाँव के लड़के झुण्ड बना कर शहर की ओर चले गये हैं। भर्ती की ख़बर पा कर गाँव खाली हो गया है। दुश्मन नहीं गया। घर पर ही बैठा है।

दुश्मन की माँ सरला जंगल में घास काट रही है। गर्मियों का मौसम। वन में चारों ओर दूर-दूर तक घसियारिनें फैली हैं। वे सब जल्दी से जल्दी घास ले कर अपने घरों को लौट जाने की कोशिश में हैं। सरला के नज़दीक जो औरत घास काट रही है उसका नाम गंगोत्री है। गर्मियों की घास की बेदम, दुर्बल पत्तियों को तलाश कर उन पर तेजी से अपनी दराँतियाँ चलाती हुई दोनों आपस में बातें भी करने लगी हैं।

-दीदी! मेरा शतरू पल्टन में भर्ती होने को तैयार नहीं हो रहा है। पल्टन की भर्ती खुली है। कल पूरे गाँव के लड़के बाजार गए। आज घरों पर कोई लड़के नहीं दिखाई दे रहे हैं। मैंने शतरू को बहुत समझाया पर वह किसी की नहीं सुनता। उसने वहाँ जाने से साफ़ मना कर दिया।

- और कोई बात होगी उसके दिमाग़ में। कोई और काम देख रहा होगा अपने लिये।

- और कोई ख़ास बात नहीं दीदी उसके दिमाग़ में। अपने फ़ायदे की कोई बात नहीं। उसके दिमाग़ में तो बाघ और भालू घूमते रहते हैं। कहता है तोपची बनूँगा।

- तोपची बन कर गाँव, इलाके के लोगों की हिफ़ाजत करने की बात सोचता होगा।

- हाँ, ऐसा ही सोचता है। पल्टन की नौकरी नहीं करेगा। घर पर रह कर पहाड़ों की चोटियों-घाटियों में, जंगलों में, कँटीली-पथरीली राहों पर, गाँव-गाँव में हाथ में बन्दूक उठाये भूखा-प्यासा भटकता फिरेगा।

- अपने बाबा का काम करेगा दुश्मन।

- बाप तोपची, बेटा तोपची। शक्ल आदमी की, मुकाबला बनैले जानवरों से। उस मौके पर तोपची को ख़ुद भी एक जानवर बन जाना पड़ता है।

- आदमी भी तो एक जानवर ही होता है बहन। हम क्या कोई कम जानवर हैं? अब बोलो, घास-लकड़ी की तलाश में हम वहाँ पहुँच जाती हैं जहाँ कोई बाघ-भालू भी नहीं जाते।

- यह बात सही है। बाघ-भालू और हम घसियारिनें एक ही जंगल में, एक जैसी ख़तरनाक जगहों पर रहते हैं।

❒

अपने एकान्त के क्षणों में उसके सीने पर सर रख कर, उसकी उठती-गिरती साँसों की सुगन्ध को सूँघता, उनकी जीवन्त ऊष्मा को महसूस करता हुआ जग्गू उसे बताता था जिस वक़्त मड़ी के पास बाघ के पहुँचने की और उससे मुकाबला होने की उम्मीद जागती है उस वक़्त तोपची के दिमाग़ से दुनिया की बाकी तमाम चीज़ें अपने आप ग़ायब हो जाती हैं। पूरी दुनिया ग़ायब हो जाती है। उस मौके पर अपने किसी भी प्रिय की, अपने बच्चों की मुलमुल मुस्कराहट की, माँ के हँसते हुए मुख की, औरत के प्यारे, गुनगुने बदन की, अपने घरबार की कोई याद बाकी नहीं रह जाती। उस वक़्त इस दुनिया में और कोई आत्मीय अपना नहीं रह जाता। सिर्फ़ बाघ अपना सगा लगता है। अपने उस आत्मीय के तन पर अपना अधिकार कर लेने का भाव मन में लबालब भर जाता है। और अपने तन-बदन को बचाए रखने की चिन्ता से कहीं ज़्यादा उस बाघ के जीवन को ख़त्म कर देने का अदम्य उत्साह। अपने तन की ज़रा-सी फिकर। सिर्फ़ इतनी कि बाघ का खात्मा करने के लिए उसे बाघ के हमले से बचा कर रखा जा सके। मन में सिर्फ़ अपने सामने मौजूद बाघ के जीवन को मिटा देने की हवश। कोई डर नहीं। जिस तोपची के मन में अपने तन को बचाए रखने की चिन्ता हावी हो जायेगी, वह डर जायेगा। और डरा हुआ तोपची कभी जीत नहीं सकता। किसी भी हालत में नहीं। लेकिन डरा हुआ बाघ कभी-कभी जीत जाता है।

❒

शाम घिर रही थी जब बन्दूक हाथ में उठाये उसका पति जग्गू घर से जंगल की ओर निकल पड़ा था। उसे शायद रात भर जागना था। रात भर चौकन्ना रहना था। बाघ ने कल किसी का बैल मार गिराया था। आज वह किसी भी समय अपनी मड़ी के पास आ सकता था। और घर पर जग्गू जिस अकेली, जवान औरत को छोड़ गया था वह भी पूरी रात जागरण करती रही थी। जब तक जग्गू घर नहीं लौट आता, तब तक वह नींद की एक झपकी भी नहीं ले सकती थी। वह सोना चाहती, तब भी नहीं सो सकती थी। अपना आदमी बाघ का मुकाबला करने, उससे मुठभेड़ करने गया है। उसे अपने घर के बिस्तर पर नींद कैसे आ सकती है? साँसें रोक कर वह जंगल की ओर से सुनाई दे सकने वाली किसी गोली के चलने की आवाज़ पर अपना ध्यान केंद्रित करने लगती थी। गोली नहीं चली अभी तक। कहीं ऐसा तो नहीं हुआ होगा कि गोली चलने की नौबत ही न आ पाई हो? बाघ, शिकारी को किसी भी तरह का मौका दिये बग़ैर, मड़ी को छोड़ कर, उसपर भी तो हमला कर सकता है? गोली के चलने की आवाज़ के सुनाई देने के बाद मन में कई तरह

की आशंकाएँ उठने लगती थीं। गोली तो चली पर क्या उसने बाघ को मार गिराया होगा? खाली तो नहीं गया होगा उस गोली का वार? गोली के बाद भी तो बाघ शिकारी पर हमला कर उसे घायल कर सकता है? उसके मन में तरह-तरह के सवाल उठने लगते थे। परेशानियाँ पैदा कर देने वाले,भाँति-भाँति के, अजीब-अजीब किस्म के सवाल।

घर की ओर आते हुए अपने आदमी के दिखायी देने पर उसकी जान में जान आ जाती थी। अपने पाँवों से चल कर आ रहा है। सही सलामत। कमर भी नहीं झुक रही है, पाँव भी सीधे चल रहे हैं। बाघ मरा कि नहीं मारा जा सका, ऐसे मौके पर यह सवाल उसके मन में नहीं उठता था। मारा गया होगा तो वह ख़ुद ही बता देगा। घर लौट आने के बाद वह एक नज़र अपनी स्त्री को देखता और उसके कुछ पूछने से पेश्तर असली बात ख़ुद ही बता देता।

- बहुत ज़बर्दस्त बाघ था।

- गोली चलने की आवाज़ मैंने भी सुन ली थी। पर मैं सोच रही थी कि पता नहीं गोली उसे लगी या वह भाग निकला।

-उसे कुछ खटका हो गया था। मड़ी को छोड़ कर मेरी ओर लपक आया था। पर मेरा निशाना ठीक बैठ गया, गोली उसके माथे के बीचोबीच लगी।

-तुम्हारा निशाना तो हमेशा ठीक जगह लगता है, आज तक कभी खाली तो नहीं गयी तुम्हारी कोई चोट?

-वैसा चोट मारने के लिए हाथ के साथ-साथ दिल को भी थाम लेना पड़ता है।

उस दिन उसने, ज़िन्दगी में पहली मर्तबा अपने तोपची से वह सवाल भी पूछ लिया था, जो कई बार उसके मन में उठता रहता था।

-जब तुम बाघ के सामने हो जाते हो तो उसे देख कर तुम्हें कभी डर नहीं लगता?

-नहीं! उस वक़्त कोई डर नहीं लगता। डरा हुआ तोपची कभी जीत नहीं सकता।

-बाघ को तो नहीं लगता होगा डर?

-बाघ पर भी जान होती है। बाघ भी कई बार डर के मारे तोपची पर हमला कर बैठता है। लेकिन डरे हुए बाघ को वैसी हालत में हमला करने पर जीत भी हासिल हो सकती है।

-तब कैसे जीत जाता है बाघ?

-वह इसलिये जीत जाता है कि वह बाघ होता है। आदमी से कई गुना ज़्यादा ताकत होती है उसके अन्दर।

ऐसा लग रहा है कि पूरा गाँव निकल पड़ा है बाघ को जंगल से घर लाने। जग्गू ने अपना काम कर लिया है। अब गाँव के नौजवानों को अपना फ़र्ज निभाना है। नौजवानों के साथ एक बुजुर्ग दिगम्बर सिंह को भी जोश चढ़ आया है। गाँव का पुश्तैनी सयाणा। वह भी उनके साथ चल निकला। बाघ के ज़मीन पर लेटे हुए शरीर के अलावा वह उस मौके का भी इन आँखों से मुआयना करना चाहता है जहाँ पर खड़े हो कर जग्गू ने बाघ

पर गोली दाग़ी। मौके पर पहुँच कर गाँव के नौजवानों ने पेड़ की एक मज़बूत, ख़ूब लम्बी शाखा को काट लिया है। वे उसका साँग बना लेंगे। उस लकड़ी पर बाँध दिये हैं उन्होंने बाघ के हाथ और पाँव। उन्हें साँग के मार्फत बाघ के बेहद वज़नी शरीर को अपने कंधों पर ले कर उसे ढोना है।

उन्होंने उसे ज़मीन से उठा लिया है। छः आदमी, कुल छः आदमी लगे हैं साँग पर। तीन आगे, तीन पीछे। साँग भारी मालूम हो रहा है। छः आदमी लगे हैं, तब भी। उनकी चाल बहुत मन्दी है। उनके मन जोश और उत्साह से भरे हैं लेकिन उस जोश के बावजूद वे तेज़ चाल से नहीं चल सकते। वे बहुत सँभल-सँभल कर अपने पाँव आगे बढ़ा रहे हैं।

ऐसे मौके पर साँग को ढो रहे नौजवानों को उत्साहित करते रहने के लिए सयाणा दिगम्बर सिंह साथ चल रहे गाँववासियों को एक कहानी सुनाने लगा है।

-किसी पुराने जमाने की बात है। एक मालगुजार को सरकारी खजाने में अपने गाँव की रकम बुझानी थी[1]। एक रुपये की वह रकम उसने सभी काश्तकारों से वसूल कर ली। तब सवाल यह उठा कि उस रकम को ले कर खजाने में बुझाने टिहरी कौन जायेगा। बहुत सीधा-सादा मालगुजार था बेचारा, किसी को भी ज़बर्दस्ती नहीं भेजना चाहता था। उसने सभी जिमदारों[2] का मन टटोला। तीन दिन के रास्ते पर कोई भी टिहरी जाने को तैयार नहीं हुआ। सब लोग बहाने बनाने लगते। तब मालगुजार ने तमाम जिमदारों को अपने घर पर बुला कर ऐसा कहा कि कल सुबह वे सभी लोग टिहरी जाने को तैयार हो जायें। सरकारी रकम नहीं बुझाई जायेगी तो पूरे गाँव के नाम वारंट गिरफ्तारी आ जायेगा। तब सबको खानी पड़ेगी टिहरी जेल की हवा।

कुर्मा अपने मन में उठ रहे एक सवाल को रोक नहीं पाया।

-मालगुजार ने किसी एक जिमदार को हुकम नहीं दिया दादा, कि तुझे जाना ही जाना पड़ेगा रकम बुझाने?

-नहीं कुर्मा, उसे वैसा हुकम देने की आदत ही नहीं थी।

-और जब हाकिमों की बेगार ढोनी होती थी, तब किसको भेजता होगा वह मालगुजार?

-उस गाँव में कोई हाकिम कभी आता-जाता ही नहीं था। ऐसा कहा जाता है कि उस गाँव के उस जगह पर होने के बारे में पहले रियासत की सरकार को कोई जानकारी ही नहीं थी। एक ख़तरनाक, बर्फ़ानी शिखर पर बसा था वह गाँव। बाहर के किसी गाँव से वहाँ कोई गोरू भी नहीं लाए जा सकते थे। गाँववाले तो विकट ढंगारों पर किसी तरह पहाड़ को पकड़-पकड़ कर। आर-पार हो लेते थे। पर मवेशी को तो उस तरह नहीं चलाया जा सकता था।

-तब उस गाँव में एक भी गाय-भैंस नहीं रहे होंगे काका?

यह सवाल दिनेश ने पूछा था।

---

1. भूमि का लगान जमा करना था, 2. काश्तकारों

-धन-चैन के बग़ैर तो गाँव ज़िन्दा नहीं रह सकता बेटे दिनेश। लेकिन वे उनके बहुत छोटे बछड़ों को ही ले आते थे बाहर के गाँवों से अपने कंधों पर उठा कर।

कुर्मा-जैसे गूजर उठाये रहते हैं रास्ते में आते-जाते वक़्त अपने गोरू के बछड़ों को?

- हाँ, वैसे ही। मैं बात कर रहा था उस गाँव के बारे में सरकारी हाकिमान को होने वाली जानकारी की। जब जानकारी हो गयी तो उसपर रकम भी लगा दी गयी। पाई-तिमासी जोड़ कर कुल एक रुपया।

-कोई बटिया तो नहीं बनाई गयी उस गाँव के लिए?

-बटिया नहीं बनी। पर रकम जमा करने के लिए मालगुजार ने पूरे गाँव के हर घर से एक-एक जिमदार को तैनात कर दिया।

-तब उतने सारे जिमदारों में किसके हवाले किया गया होगा रकम का वह रुपया?

-किसी एक के हवाले नहीं किया गया। चाँदी के कलदार को पहले सबके सामने एक कपड़े पर बाँधा गया। उसके बाद एक साँग बनाई गयी और उस कपड़े को साँग पर लटका दिया गया।

- एक कलदार के लिए साँग बनाई गयी दादा?

-क्या करते बेटे? उस साँग को बारी-बारी से सभी जिमदार मिल-जुल कर अपने-अपने कंधों पर उठाये चलते रहे। तीन दिन में पहुँच पाये वे टिहरी। तब चौथे दिन दफ्तर खुलने के बाद रकम खजाने में बुझायी गयी और पूरा गाँव वहाँ से घर की ओर लौटा।

-तीन दिन लम्बे रास्ते पर पड़ने वाले तमाम गाँवों के निवासी उनको देख कर हँसते रहे होंगे दादा?

यही तो असली बात है किस्सू, और वह बात, एक रुपये को साँग पर ले जाने की बात सिर्फ़ देखने वालों को मालूम नहीं हुई। उस तमाशे के बारे में चारों ओर के दूसरे गाँवों में भी किस्से फैलते गए।

❑

इसी तरह के किस्से सुनाते हुए दिगम्बर सिंह नौजवानों के कंधों पर लगी साँग के साथ जग्गू के घर के आँगन में पहुँच गया।

उसे जग्गू के घर के आँगन में रख दिया गया है। चारों तरफ से लोग उसे देखने आने लगे हैं। आँगन में भीड़ जमा हो गयी है। लोग हैरान हो कर देखने लगे हैं मरे हुए बाघ को। देखनेवाले तमाम लोग जग्गू के साहस, बहादुरी और निशाने की तारीफ करते नज़र आ रहे हैं। जग्गू ने उस ख़तरनाक बाघ को हमेशा के लिए सुला दिया है।

और शिकार के बाद कमाई? कमाई के नाम पर कहीं एक धेला नहीं। ऐसा तो कभी नहीं हुआ कि अपनी जान हथेली पर रख कर उसके आदमी ने पूरी बस्ती के लिए बेहद ख़तरनाक हो उठे किसी बाघ का सफ़ाया कर दिया तो बस्ती के लोगों ने आपस में मिल कर कोई चन्दा इकट्ठा कर दिया हो और उसे रूपयों की कोई थैली भेंट कर दी हो-लो

जग्गूसिंह, अपने बच्चों का पालन कर लेना। बाघ मार दिया गया तो तोपची के हिस्से क्या आयेगा? कुछ भी नहीं। उस मरे हुए बाघ की खाल, नख और चर्बी को कुछ छँटे हुए दलाल हराम के भाव खरीद कर ले जायेंगे। उसने बाघ को मारना था, सो मार दिया। लेकिन अगर उस मुटभेड़ में तोपची को बाघ ने मार गिराया? तब? तब उसकी अनाथ बिधवा और बच्चों का लालन-पालन करने तो कोई नहीं आयेगा? तमाशबीन लोग तो तब भी उसके अनाथ बच्चों का तमाशा देखते रह जायेंगे।

यह बन्दूक उसके पति की यादगार है। एक बहादुर शिकारी की बेशकीमती निशानी। बन्दूक पर नज़र पड़ते ही उसे अपने पति की याद आ जाती है। वह उसके पति की निशानी न होती तो उसका वह उस बन्दूक को घर के किसी ऐसे अंधेरे कोने में लुका देती कि फिर उसपर कभी नज़र ही न पड़ सके। लेकिन अपने मन की व्यथा वह किसी से कह नहीं सकती। दुश्मन को समझाने में लगी रहती है। पर दुश्मन के मन में तो दूसरी ही किस्म की बातें भरी रहती हैं। एक दूसरी ही धुन सवार रहती है उसपर। इसने अपने बाप को कभी एक बार भी नहीं देखा, लेकिन शिकार करने के बारे में अपने बाप की कुल चालें इसने कैसे सीख लीं? इसका बाप सपने में आ कर सिखा जाता होगा इसे उतनी सारी चीज़ें?

❒

दुश्मन अपनी दीदी को मायके लिवा लाने उसकी ससुराल जा रहा था। अपने गाँव से कई मील दूर तक पैदल जाने के बाद वह मोटर सड़क पर पहुँच गया। एक सवारी बस उधर आयी। उसके हाथ देने पर ड्राइवर ने गाड़ी रोक ली। यात्रियों से भरी उस गाड़ी पर वह किसी तरह सवार हो गया। ठसाठस भीड़। उससे किराया लेने के बाद यात्रियों के बीच अपने लिये किसी तरह रास्ता बनाता हुआ कंडक्टर आगे बढ़ गया। वह दूसरे यात्रियों से किराया वसूली का काम करने लगा। तेजी से भाग रही गाड़ी को अचानक मारे गये ब्रेक के कारण एक जोर का झटका लगा। गाड़ी के अन्दर बैठे-खड़े कई यात्री उस धक्के को बर्दाश्त नहीं कर पाये। उनमें से कुछ बेबस लोग आगे की ओर गिरे, कुछ ने अनजाने में दूसरे यात्रियों को धकिया दिया। कुछ धक्के खाकर गिरे, कुछ धक्के मारते हुए गिरने लगे। दुश्मन यात्रियों के बीच में किसी सीट की पीठ के सहारे खड़ा था। गाड़ी के अचानक उस तरह रुक जाने से दुश्मन को भी एक ज़ोर का झटका लगा और उसका सर सीट और उल्टी छत के बीच जमे हुए लोहे के खड़े डण्डे से टकराया। चोट लग गयी। ख़ून नहीं निकला। गाड़ी के थमते ही फ़ौजी जैसे दिखायी दे रहे कुछ जवान दनादन उसके अन्दर चले आये। वहाँ बैठे सभी हैरान यात्रियों के चेहरों पर चौकन्नी, डरावनी निगाहें फेर कर उन्हें आतंकित करते हुए वे उनके बीच किसी ख़तरनाक आदमी की तलाश करने में जुट गए। बहुत तल्ख़ आवाज़ में ललकारते हुए उन्होंने सवारियों को अपनी-अपनी जगह पर चुप हो कर बैठे रहने का हुक्म जारी कर दिया और किसी भी यात्री के गाड़ी

से नीचे उतरने की मनाही कर दी। गाड़ी के रुक जाने के मौके का लाभ उठाते हुए कुछ बूढ़े लोग पेशाब करने के लिए नीचे उतरने की कोशिशें करने लगे थे। लेकिन दरवाजे के पास खड़े जवानों ने सबको धकेल कर अन्दर कर दिया।

-चुप हो कर बैठे रहो सब।

- ख़बरदार! बाहर निकलने की कोई भी कोशिश नहीं करेगा। इस गाड़ी के अन्दर कोई कम्युनिस्ट तो नहीं है छुप कर बैठा हुआ?

दर्जन भर हथियारबन्द सिपाहियों ने उस बस को पूरी तरह अपने घेरे में ले लिया था। संगीनें ताने वे उसके चारों ओर तैनात हो गये थे। उन्हें देख कर ड्राइवर घबरा गया था। उसने उनका इशारा पाते ही गाड़ी को एक जोर का ब्रेक मार कर रोक दिया था। इन सड़कों पर चलने वाली सवारी गाड़ियों की साल, छः महीने में कभी-कभार पुलिस या एक्साइज के सिपाही अवैध दारू के लिए तलाशियाँ लेते रहते हैं। लेकिन ये तलाशी लेने वाले न पुलिस के सिपाही थे, न ही एक्साइज़ के कर्मचारी। और वे दारू, भाँग या किसी अन्य अवैध पदार्थ की तलाश भी नहीं कर रहे थे। सब-के-सब एक जैसी वर्दी में थे। क़रीब-करीब एक ही उम्र के जवान।

वे किसी माल की नहीं, एक ख़तरनाक किस्म के आदमी की तलाश कर रहे थे। किसी कम्युनिस्ट की तलाश करने लगे थे।

और वे पलटन के लोग भी नहीं थे। वे एस. एस. बी. के जवान थे। उस इलाके में पिछले कई दिनों से किसी जगह पर उनका ट्रेनिंग कैम्प चल रहा था। भारत और चीन के बीच उपजे सीमा विवाद (1962 ई.) के फ़ौरन बाद भारत सरकार ने उत्तर प्रदेश के पर्वतीय, सीमावर्ती क्षेत्रों की नागरिक सुरक्षा के नाम पर हथियारबन्द, कम्युनिस्ट-विरोधी राजनीतिक पुलिस की दो वाहिनियाँ गठित की थीं। आई. टी. बी. पी. (इण्डो तिब्बत बोर्डर पुलिस) और एस. एस. बी. (स्पेशल सिक्यौरिटी व्यूरो)।

अपनी चौकन्नी नजरों से उन्होंने थोड़ी ही देर में उस भीड़ के बीच गलियारे में दुबक कर बैठे हुए एक कम्युनिस्ट को ढूँढ निकाला।

एक जवान ने ख़ुशी के मारे किलकारियाँ भरीं।

-मिल गया, मिल गया। कम्युनिस्ट मिल गया। यहाँ बैठा है दुबक कर।

जवान ने बहुत फुर्ती के साथ, एक झटके में, उसके सर पर ओढ़ी चादर को खींच कर अलग कर दिया और उसके बालों को पकड़ कर, उसे फर्श से उठा कर सीधा खड़ा कर दिया। वह गाँव का कोई बहुत गरीब, बूढ़ा आदमी दिखाई दे रहा था। सवारियों के बीच धक्का-मुक्की करते हुए तीन और जवान उधर को लपके। बहुत सख़्ती के साथ वे वहीं पर, उसी जगह पर उसे खड़ा कर, उसका पता हवाला पूछने लगे। बूढ़े ने ज़ोर-ज़ोर से अपना नाम, अपने बाप का नाम, अपने गाँव-पट्टी का नाम बताते हुए अपने भरसक उन्हें सन्तुष्ट करने की कोशिश की। हाथ जोड़ कर, बहुत गिड़गिड़ाते हुए वह अनुरोध कर रहा था कि उसे छोड़ दिया जाय।

-मैं कम्युनिस्ट नहीं हूँ साब। बेकसूर आदमी हूँ।

वे सब उसके मिल जाने पर तालियाँ बजाने लगे थे।

सामूहिक स्वर -मिल गया, मिल गया।

सामूहिक स्वर -देशद्रोही, आस्तीन का साँप।

एक जवान की आवाज़ - आम लोगों के बीच बैठा है।

दूसरे जवान की आवाज़ - चुपचाप बैठा है।

तीसरे जवान का स्वर-छुप कर बैठा है।

चौथे जवान का स्वर-ऐसे ही छुप कर बैठ जाते हैं जनता के बीच।

-मैं गाँव का गरीब आदमी हूँ। मैं कम्युनिस्ट नही हूँ साब। मुझे मत पकड़ो साब। मुझे छोड़ दो साब। मुझे छोड़ दो।

ऑफीसर का आदेश-इसे पकड़ कर साथ ले चलो। इससे कड़ी पूछताछ की जायेगी। तब करेगा यह कबूल कि यह कम्युनिस्ट है।

-मैं आपके पाँव पड़ता हूँ साब। मुझे मत पकड़ो। मुझे छोड़ दो साब। मुझे मत पकड़ो साब।

वह गरीब, बूढ़ा आदमी बहुत कातर स्वर में रोता, गिड़गिड़ाता जा रहा था। वे उसे खींचे लिये जा रहे थे।

- मैं आपके पाँव पड़ता हूँ साब। मुझे छोड़ दो साब। मुझे मत पकड़ो साब।

उन लोगों ने उसे गाड़ी से नीचे उतारा और धकेलते हुए अपने साथ ले चले। नीचे से एक जवान ने ड्राइवर को हाथ से, और फिर हँसते हुए, आँखों से इशारा किया-तुम अपनी गाड़ी बढ़ा लो।

उन्होंने उस गाड़ी के भीतर अपना काम पूरा कर लिया था।

एस. एस. बी. के जवान। वे किसी को सचमुच में पकड़ने, गिरफ्तार करने नहीं आये थे। असल में वे अपने प्रशिक्षण के दौरान कम्युनिस्ट-कम्युनिस्ट खेल रहे थे। जवानों के बीच में एक जवान कम्युनिस्ट बन गया था। और वह छुप गया था। बस पर सवार यात्रियों के बीच, भोली-भाली जनता के बीच छुप गया था।

बाकी जवान उसकी तलाश में निकल पड़े थे। हथियारबन्द फ़ौज के बहुत सारे जवान, अपने पूरे असले के साथ : एक कम्युनिस्ट की तलाश में निकल पड़े थे। जनता के बीच छुप कर बैठ जाने वाले कम्युनिस्ट की तलाश में। जैसे वियतनाम के जंगलों में छुपे हुए कम्युनिस्टों को चतुर अमरीकी सैनिक ज़मीन के नीचे से खोज निकालते हैं। वहाँ छुपे हुए कम्युनिस्टों की तलाश में हार जाने की अपनी हताशा में अमरीकन फ़ौजियों ने हैफ़ौंग के वन में उनके बारे में सही-सही जानकारी न देने वाले निडर, देशभक्त बच्चों को ही भून डाला था।

इस खेल की ख़ास बात यह थी कि इसमें जो कम्युनिस्ट बना था वह गिड़गिड़ा कर कहता जा रहा था कि वह कम्युनिस्ट नहीं है। उस खेल के द्वारा बस के अन्दर बैठे,

उनके आतंक के साए में आ गये समस्त श्रोताओं के मन में यह भाव भरा जा रहा था कि कम्युनिस्ट होना कोई बहुत-बहुत बुरी बात होती है। देशद्रोह की बात।

नयी-नयी शुरू की गयी इस वाहिनी के जवानों को कोई एस.एस.बी. का मतलब पूछ बैठता है तो वे उसका सही अर्थ 'स्पेशल सिक्यौरिटी ब्यूरो' नहीं बताते। बहुत मासूमियत से 'सेवा सुरक्षा बंधुत्व' कह देते हैं। उन्हें मुख्यतया गुरिल्ला युद्ध के बारे में ट्रेनिंग दी जाती है। उनके तमाम अफ़सर माओ-त्से-तुंग की लिखी हुई किताबें पढ़ते रहते हैं। गुरिल्ला युद्ध के मामले में वे भी अपना गुरू माओ-त्से-तुंग को ही मानते हैं। गुरिल्ला युद्ध की सही जानकारी लेने के लिए 'आस्पेक्ट्स ऑफ चाइनाज़ ऐंटी जैप स्ट्रगल' को वे एक पाठ्य पुस्तक की तरह पढ़ते रहते हैं। मार्क्सवाद से सम्बन्धित पुस्तकों का वे गम्भीर अध्ययन करते रहते हैं। कभी-कभी कुछ चीज़ें समझ में न आने पर उसका ठीक-ठीक मतलब पूछने कम्युनिस्ट कार्यकताओं के पास भी पहुँच जाते हैं। ठीक वैसे ही जैसे कि शिकारी लोग बाघ का मुकाबला करने के लिए उसके स्वभाव का अध्ययन करते हैं और उसकी हरेक हरकत पर नज़र रखते हैं। इस वाहिनी के ऊपर पर्वतीय प्रदेश के सीमान्त क्षेत्रों में कम्युनिस्टों के तेज़ी से बढ़ते प्रसार को रोकने की बृहद् जुम्मेदारी है। कम्युनिस्ट विचारधारा की गहराई में गये बग़ैर कम्युनिस्टों का उन्मूलन नहीं किया जा सकता। आम जनता के बीच कम्युनिस्टों के बढ़ते प्रभाव को रोकना, उसका उन्मूलन करना उनका मुख्य लक्ष्य है। पिछले कुछ समय से इस सीमावर्ती इलाके में कम्युनिस्ट विचारधारा बहुत तेजी से आम जनता के बीच फैलने लगी है।

इधर पिछले कुछ समय से सीमान्त क्षेत्रों के अन्दर कम्युनिस्टों द्वारा लगाये जाने वाले नारे बहुत लोकप्रिय होने लगे हैं। वे नारे गाँव-गाँव के बच्चों और नौजवानों की ज़ुबान पर बैठ गये हैं। कम्युनिस्टों के द्वारा लगाये जाने वाले नारों की जगह दूसरी किस्म के नारे लगा कर इस सशस्त्र बल के नौजवान अपने भरसक सीमान्त किसानों का ध्यान बँटाने की कोशिश करते रहते हैं। गरीबी में पिसते जा रहे पर्वतीय लोगों की चेतना को झकझोर देने वाले नारों

कमाने वाला—खाएगा
लूटने वाला—जायेगा
नया ज़माना—आयेगा

को निष्प्रभावी करने की दृष्टि से, आम आदमी को भरमाने के लिए, जीवन की असली समस्याओं से उनका ध्यान बँटाने के लिए, वे बिलकुल दूसरी तरह के, ग़ैर-राजनैतिक, निरर्थक नारे लगाने लगते हैं, जैसे

सच्चे अपनी बोली के -गढ़वाली वीर चमोली के

अपने अस्त्र-शस्त्र का ठीक तरह से उपयोग करने की विधि का प्रशिक्षण लेने के साथ-साथ वे गुरिल्ला युद्ध का मूल मंत्र भी कंठस्थ करने में लगे रहते हैं :

जब दुश्मन आगे बढ़ता है : पीछे हटो

जब दुश्मन विश्राम करने लगे : हमला करो
जब दुश्मन पलायन करने लगे : पीछा करो

भारत सरकार की खुफिया एजेंसी के दिल्ली में उच्चतम पदों पर बैठे अमरीका-परस्त हाकिमान के द्वारा आम पहाड़ी जनता के मन पर जिस तरह का प्रभाव डालने के लिए उन सिपाहियों से वैसा नाटक करवाया जा रहा था, सवारी गाड़ी के अन्दर मंचित किये जा रहे उस नाटक का आम यात्रियों के दिलो-दिमाग़ पर ठीक वैसा ही प्रभाव पडता जा़ रहा था।

- तो कम्युनिस्ट सचमुच देश के दुश्मन होते हैं?

गाड़ी आगे बढ़ने लगी है। अब उसके यात्रियों को, सड़क पर मस्ती में चल रहे, भाड़े के सिपाहियों के द्वारा लगाये जा रहे नारे सुनाई देने लगे हैं

अन्न जहाँ का -हमने खाया
जन्म जहाँ पर -हमने पाया
उसकी रक्षा कौन करेगा?
-हम करेंगे, हम करेंगे

❐

बस पर सवार यात्रियों को यह बात नहीं मालूम कि वे वर्दीधारी लोग आपस में कम्युनिस्ट-कम्युनिस्ट खेल रहे थे।

जैसे उनके घरों के अन्दर बच्चे लुका-चोरी का खेल खेलते रहते हैं।

❐

अपनी ज़िन्दगी में शतरू अब तक कुल तीन बाघों का शिकार कर चुका है। बाघ एक चालाक, ख़ूँखार, बेहद ताकतवर और ख़तरनाक जानवर होता है। अपने शिकार पर, शुरू में, वह कभी सामने से हमला नहीं करता। हमेशा छुप कर, घात लगा कर हमला करता है। उसके शिकार को ज़रा भी आभास न होने पाये कि उसपर हमला होने वाला है। कई बार ऐसा भी होता है कि वन में मज़े से घास चर रहे पशु, मसलन किसी गाय, बैल, बछड़े या बकरे को यह आभास तक नहीं हो पाता कि बाघ बहुत दूर से उसके पीछे-पीछे या अगल-बगल में, उसके साथ-साथ चलता आ रहा है। उस वक़्त बाघ अपने को पूरी तरह छुपा ही नहीं देता, वह अपने चलने से या हिलने-डुलने से किसी तरह का शोर या शब्द भी पैदा नहीं होने देता। इतनी सावधानी से और ऐसी ख़ामोशी में आगे बढ़ता है कि उसके शिकार को किसी तरह की भनक नहीं पड़ सकती।

वह स्थिति अलग होती है जब कि शिकारी और बाघ अचानक आमने-सामने आ लगें। वैसा मौका आ जाने पर बाघ अपने पूरे वेग के साथ शिकारी पर झपट जाता है, जो आम तौर पर हाथ में बन्दूक थामे रहता है। बाघ अच्छी तरह जानता है बन्दूक क्या

चीज़ होती है। वह किस काम आती है। और शिकारी उसे हाथों में थामे इस अन्दाज़ में क्यों खड़ा है, क्यों बैठा है, क्यों लेटा है। बाघ को उस बन्दूक की मार से अपने जीवन की रक्षा करनी होती है। बाघ के पास कोई बन्दूक नहीं होती। तूफ़ान की तरह दौड़ जाने की ऊर्जा और फुर्ती होती है। शिकार पर या दुश्मन पर प्राणघातक प्रहार करने के लिए तीखे, ताकतवर पंजे होते हैं और जबड़े के भीतर विकराल दाँत होते हैं, जिनसे वह किसी भी चीज़ को काटने, फाड़ डालने में सफल हो सकता है। शिकारी की बन्दूक की भी अपनी ताकत होती है। हाथ में बन्दूक के रहते शिकारी के अन्दर भी बाघ की जैसी ताकत मौजूद रहती है। बन्दूक हाथ से नहीं छूटनी चाहिए। बन्दूक छूट गयी है तो वह निष्प्रभावी हो गयी है। और उसके निष्प्रभावी होते ही वे दोनों आपस में भिड़ गये है। शिकारी और बाघ। गुत्थम-गुत्था। शिकारी या बाघ। इस पार या उस पार। गुरू या चेला। परशुराम या भीष्म। हे बाघराज! मैं तुम्हारी सिखाई हुई विद्या का आदरपूर्वक, अपनी पूरी शक्ति के साथ, तुम्हीं पर प्रयोग कर रहा हूँ। कहीं कोई भूल या कोई चूक तो नहीं हो रही है मुझ से?

❐

गाय के मरते ही गाँव में हल्ला फैल गया था। गाय मर चुकी थी। मरी हुई गाय को अब जीवित नहीं किया जा सकता था। शान्ति बुढ़िया की गाय। वह भूत बन चुकी थी। वह जब तक जीवितों की दुनिया में उनके साथ शामिल थी तब तक सब कुछ ठीक था। लोग अपने को जीवंत महसूस करते रहे थे। निश्चिन्त थे। और निर्भय भी थे। लेकिन उसके काल के गर्भ में समाते ही लोगों को ख़ुद अपने भविष्य की चिन्ताएँ सताने लगी थीं। लोगों के अन्दर एक अजीब भय व्याप्त हो गया। उसके मरते ही गाँव के लोगों के दिमाग़ों में वह रोज की देखी हुई गाय और वह बाघ, जिसे उनमें से किसी ने कभी देखा नहीं, वे दोनों जुड़वा हो गये थे। गाय, जो मर गयी : बाघ, जो अभी ज़िन्दा है। अपने भविष्य का ध्यान आते ही हर ग्रामवासी के दिमाग़ में इन दोनों के अलावा अब एक तीसरा नाम उभरने लगा था, जिसने अभी तक इस मामले में कुछ भी नहीं किया था। लेकिन एक वही था, जो उनके भविष्य को सुरक्षित कर सकता था। वह नाम, दुश्मन का नाम लोगों के दिमाग़ में अपने आप उभरने लगा था। किसी को कुछ भी कहे जाने की ज़रूरत नहीं पड़ रही थी।

भोली गाय।

और बाघ।

और आने वाले कल, परसों और तरसों।

और दुश्मन।

कबड्डी के खेल का मरा हुआ खिलाड़ी शंकर, जो कतार से बाहर अपने फिर से जीवित हो उठने की आश लगाये खेल के इलाके की केर से बाहर की ज़मीन पर ख़ामोश

बैठा था, किसी के कुछ कहे बग़ैर, और किसी से कुछ कहे बग़ैर, अपनी जगह से उठ कर कण्डारा की चढ़ाई चढ़ता हुआ दुश्मन के घर की तरफ दौड़ चला। वह बाघ की चाल से दौड़ने लगा था। जैसे कि उसे भी बघ्वा लग गया हो। बाघ की चुगली खाने[1] जा रहा था वह दुश्मन के पास। यह बात शंकर के दिमाग़ में आयी ही नहीं कि बाघ अब तक उसी जगह पर बैठा नहीं होगा और उसे गाय की जान ले लेने की फ़ौरी तौर पर कोई सज़ा नहीं दी जा सकती। उतनी दूर तक की बात वह सोच ही नहीं सकता था। वह ऐसी तेजी से भागता जा रहा था कि जैसे ख़बर मिलते ही दुश्मन अपनी बन्दूक को हाथ में लिये हुए घटनास्थल पर पहुँच जायेगा और बाघ से सवाल-जवाब करने लगेगा–बोल बाघ! क्यों मारी तूने शांति दादी की बेकसूर, दुधारू गाय? और बाघ से अपने सवाल का कोई माकूल जवाब न मिलने पर वह अपनी बन्दूक हाथ में ले लेगा और उसपर गोली चला कर उसका काम तमाम कर देगा। दुश्मन का घर गाँव से ज़रा हट कर, पहाड़ी की चोटी से पीछे की ओर बसा था। उसका रास्ता अलग था। कबड्डी का खेल बीच ही में ख़त्म हो गया। शंकर के अलावा बाकी सभी ज़िन्दा-मुर्दा खिलाड़ी उस ओर दौड़ चले जहाँ पर मरती हुई गाय अपनी टाँगें छटपटा रही थी।

-क्या हो गया शंकर, तू ऐसा भागता हुआ क्यों आ रहा है?

-भाई, उस बाघ ने गाय को मार दिया है।

-किसकी गाय?

-शान्ति दादीजी की गाय।

-कहाँ थी गाय?

-दोणिया-रौ के ऊपर वाले खेत में घास चर रही थी।

-भोली?

-हाँ।

दुश्मन अपने घर के आँगन से निकल कर शंकर के साथ चलने को हुआ।

शंकर का ख़याल था कि दुश्मन घर के भीतर से अपनी बन्दूक साथ लेता आयेगा। उसे खाली हाथ चलते देख उसने सोचा शायद जल्दी-जल्दी में वह अन्दर से बन्दूक लेना भूल गया है।

-भाई, बन्दूक तो तुमने निकाली ही नहीं।

-बन्दूक? क्या करेंगे बन्दूक का?

-और वह बाघ?

-शंकर! वह बाघ वहीं पर बैठा होगा अभी तक? इन्तज़ार कर रहा होगा कि हम कब पहुँचते हैं उस जगह पर बन्दकू को हाथ में ले कर उसे मारने के लिए?

शंकर के साथ चलता हुआ दुश्मन अपने घर से निकल कर गाँव की बटिया पर चलने लगा।

---

1. गढ़वाली में चुगली करने को "चुगली खाना" कहा जाता है

उस वक़्त दुश्मन का घटनास्थल की ओर जाना गाँव वालों के लिए सबसे महत्वपूर्ण ख़बर बन गयी थी, जो ख़ुद ही फैलती जा रही थी।

गाँव के निवासियों को पल-पल की ख़बरें मिलती जा रही थीं। गाँव-बस्ती के लोग दुश्मन का एक-एक कदम गिनने लगे थे। जो उसे देख नहीं रहे थे, वे अपने मन के अन्दर सोचने लगे थे -बटिया पर चल रहा दुश्मन अब वहाँ पहुँचा, अब वहाँ तक पहुँच गया होगा।

पाखा गाँव में इस वक़्त एक फटा हुआ, मैलखोरा, अनधुला पाजामा पहने जो दुश्मन था वह सब के दिमाग़ों में घूमने लगा था। किसी के कुछ भी कहे बग़ैर, गाँववालों की नज़रों में वह उनके भविष्य का रक्षक बन गया था। जिसने राह चलते दुश्मन की ओर कभी मुँह उठा कर देखने की ज़रूरत न समझी हो इस वक़्त उसके मन के अन्दर भी दुश्मन की तोपची छवि उभरने लगी थी। दुश्मन की मूरत उसके हृदय के अन्दर जम कर बैठ गयी थी। वह दुश्मन का ध्यान करने लगा था। बाघ के हाथों गाय के मार दिये जाने के बाद लोगों को अपने भविष्य की चिन्ताएँ सताने लगी थीं। लोग खेत के किनारे पर घास चरती शान्ति बुढ़िया की गाय की जैसी मौत नहीं मरना चाहते थे। वे अपने बच्चों के जीवन, उनके भविष्य के बारे में चिन्तित हो उठे थे। बाघ ने उन्हें चेता दिया था। चेता दिया था कि वह बस्ती के भीतर घुस कर भी वारदातें कर सकता है। दिन के मौके पर भी हमला कर सकता है। शान्ति बुढ़िया की भोली गाय तो चली गयी। गाँव के लोगों के दिमाग़ों में आपस में चन्दा करके उसके बदले शान्ति बुढ़िया के आँगन में एक नयी गाय बाँध देने की कोई बात नहीं उठ रही थी। ऐसी कोई बात किसी के भी दिमाग़ में नहीं उठ रही थी। उस बारे में, बेसहारा हो गयी शांति को सहारा देने के बारे में, किसी को कोई ख़याल ही नहीं था।

यह बात सब को मालूम थी कि गाय की मौत शान्ति बुढ़िया के जीवन के लिए घातक हो उठेगी। उसे सिर्फ़ मानसिक आघात नहीं लगा है, सीधे-सीधे उसकी रोजी पर हमला हो गया है। गाय उसके पेट का पालन कर रही थी। किसी घर के अन्दर जिस तरह रोटी कमाने वाले की मौत से विकट समस्या खड़ी हो जाती है शान्ति बुढ़िया के सामने वैसी ही विकराल समस्या खड़ी हो गयी थी। लेकिन इस बात को जानते हुए भी गाँव के लोगों का ध्यान उस ओर नहीं था। उनका ध्यान इस बात पर केन्द्रित हो गया था कि वह ख़तरनाक बाघ, जिसने गाय को गाँव के भीतर घुस कर मार दिया, उसका सफ़ाया कैसे किया जाय।

❑

अपनी कामधेनु के चले जाने से पैदा होने वाली समस्याओं से अब शान्ति बुढ़िया को ख़ुद ही निपटना था। अकेले निपटना था। उसकी गाय की मौत के बाद की स्थिति से उसे उभारने की बात से गाँव में किसी का कुछ भी लेना-देना नहीं था। शान्ति बुढ़िया

जैसा चाहे वैसा कर ले। जो चाहे सो कर ले। शान्ति बुढ़िया का भविष्य शान्ति बुढ़िया का भविष्य होगा। वह गाँव की चिन्ता का विषय हरगिज़ नहीं हो सकता था। हर आदमी को, और हर औरत को, अपने, अपने और अपनों के जीवन को कायम रखने की और कायम रखने के साथ-साथ उसे निर्विघ्न रख सकने की चिन्ता सताने लगी थी। गाँव अपने उन ढोर-डंगरों के बारे में भी चिन्तित हो उठा था जो अभी वन की ओर से नदी के उस पार उतराई की राह पर चलते दिखाई-सुनाई दे रहे थे। जिनके गलों में बँधी हुई घण्टियों की गहरी घाटी के अन्दर हो रही अनुगूँज गाँव-वासियों को सुनाई दे रही थीं। पशुओं के उन पूरे झुण्डों को, उन में शामिल कुल जानवरों के जीवन को बचाना ज़रूरी था। बाघ के हमले से बचाया जाना ज़रूरी था।

आज। कल। परसों। तरसों।

और भविष्य में भी बाघ कभी उनपर, उनकी सन्तानों पर, परिवार के सदस्यों पर, उनके पालतू पशुओं पर हमला न कर सके। उन्हें कोई हानि न पहुँचा सके।

यह बाघ या कोई और बाघ। भविष्य में पैदा होने वाले, इस बाघ की या दूसरे बाघों की सन्तानें।

❑

जहाँ तक शान्ति बुढ़िया का सवाल है, वह उन सब के दिमाग़ों से खारिज हो चुकी थी। वह किसी की वैसी चिन्ता का विषय नहीं रह गयी थी कि अब वह ज़िन्दा कैसे रहेगी। हाँ, सहानुभूति सब की थी।

हरेक की ज़ुबान से सुनाई देने लगा था-बेचारी!

❑

कुर्मा-ऐसा ज़बर्दस्त बाघ! जिसने रात भी नहीं पड़ने दी ठीक तरह से। उजाले के कायम रहते ही कर गया खेत के किनारे चुपचाप घास चरती हुई गाय पर हमला।

तेजसिंह - बुढ़िया अपनी गाय को गोरू के झुण्ड से हमेशा अलग रखती थी।

सीताराम - गाय झुण्ड में शामिल रही होती तो बाघ की मजाल नहीं हो सकती थी उसपर हमला करने की।

बख़्तावर - बाघ के डर के मारे ही तो वह अपनी गाय को गाँव से बाहर जंगल में नहीं जाने देती थी।

दिनेश- बुढ़िया ने अपनी गाय दे कर बाघ को गाँव का रास्ता दिखा दिया है।

गंगासिंह- हमारे धन-चैन के लिए बहुत मुश्किल हो गया है अब।

बादरसिंह- दुश्मन ज़िन्दा नहीं छोड़ेगा बाघ को।

रामचन्द्रसिंह- दुश्मन चला गया है गाय की मड़ी की तरफ।

गणेश- अब आ गयी बाघ की कम्बख़्ती।

गंगासिंह-सुनने में आया है कि बन्दूक तो अब दुश्मन के पास है ही नहीं।

बादरसिंह-बन्दूक नहीं है उसके पास? कहाँ चली गयी उसकी बन्दूक?

दिनेश-बन्दूक आज सुबह जब्त कर ली गयी है। पटवारी के पास आडर आया है कोर्ट से।

गंगासिंह-किसी ने शिकायत की थी?

दिनेश-सेठ श्रीधर प्रसाद उसे नीचा दिखाना चाहता था। उसी ने की थी कि शिकायत।

रामचन्द्रसिंह-अब क्या होगा? दुश्मन के हाथ में बन्दूक नहीं होगी तो पत्थर से तो नहीं मारा जा सकता बाघ को।

गंगासिंह-गाँव में और किसी के पास इतनी हिम्मत नहीं हो सकती जो बाघ को ख़त्म करने की बात सोच भी सके।

दुश्मन की बन्दूक के छीन लिये जाने से गाँव के लोगों की परेशानियाँ कुछ और बढ़ गयी हैं।

इस वक़्त बाघ मौत का दूसरा नाम बन चुका था। गाँव के हर निवासी के दिमाग़ के भीतर जीवन और मृत्यु के बोध का भयंकर संघर्ष छिड़ गया था। लोग बाघ को मौत का प्रतीक मानने लगे थे। अपने अन्दर कायम जीवन के अस्तित्व को बाघ के जीवन के अस्तित्व से भिड़ाया जाने लगा था। दो में से एक के जीवन का अन्त होना अनिवार्य दिखाई देने लगा था। अब या तो बाघ जीवित रह सकता है या ग्रामवासी और उनके पशुधन। इसके लिए जो भी किया जा सके, किया जाना चाहिए। भविष्य की चिन्ता ने बस्ती के तमाम लोगों के बीच एकता का भाव पैदा कर दिया था। उन्हें एकता के मज़बूत सूत्र में बाँध दिया था। मजबूरी में वे सब आपसी मतभेदों को भुलाने लगे थे। अपने उस काल्पनिक सुरक्षित भविष्य का उन्हें दुश्मन एकमात्र रक्षक दिखाई देने लगा था। गाँव-बस्ती के सामने बाघ एक भयंकर खतरे के रूप में प्रगट हो उठा था। लोगों को उस खतरे को मिटा देने की चिन्ता सताने लगी थी। एक बाघ ने, बाघ के जीवन ने लोगों को अपने-अपने भविष्य के बारे में सचेत कर दिया था। उस बाघ के मार दिये जाने से, उसके जीवन का अन्त हो जाने से गाँव का भविष्य सुरक्षित हो जायेगा—यह बात लोगों के दिमाग़ों में जम कर बैठ गयी थी।

ऐसा नहीं था कि उससे पहले बाघ उस इलाके में न रहे हों। बाघ वहाँ लगातार मौजूद रहता था। लोगों को उसकी मौजूदगी की लगातार जानकारी रहती थी। जंगलों में, जंगलों के आस-पास के इलाकों में बाघ रहते ही हैं। रात के मौके पर बस्ती के भीतर पहुँच कर कुत्तों को खींच ले जाने की घटनाएँ लगातार होती रहती थीं। उस तरह की घटनाओं के बाद लोगों को अहसास होता रहता था कि बाघ आस-पास कहीं मौजूद है। लेकिन उसकी उस मौजूदगी ने गाँव को कभी उस कदर भयभीत, उस तरह आतंकित नहीं किया था जैसा कि शान्ति बुढ़िया की गाय के मार दिये जाने के बाद आज स्थिति पैदा

हो गयी थी।

लोगों को बाघ का मुकाबला करना था। बाघ को ख़त्म कर देना ज़रूरी हो गया था। बस्ती के कुल लोग मिल कर, अपनी सामूहिक ताकत के बल पर बाघ का सफ़ाया नहीं कर सकते थे। यह कोई रस्साकशी में ज़ोर आजमाने की बात नहीं थी। एक अकेला बाघ एक तरफ : एक पूरी बस्ती एक तरफ। एक बाघ की शक्ति के सामने एक पूरी बस्ती अक्षम हो उठी थी।

बड़े-बड़े ताकतवर लोग।

आम आदमी को, गाँव की जवान बहू-बेटियों को अपनी हरकतों से आतंकित कर देने वाले बस्ती के बलवान मुष्टण्डे-सुरेन्द्रसिंह, वीरसिंह और दर्शनसिंह।

गाँव के गरीब, बेसहारा निवासियों पर धौंस जमाने वाले, उनकी कमाई की लूट करने वाले साहूकार—चण्डी प्रसाद, देवीराम, चन्दनसिंह, हरीराम।

सिर्फ़ बड़े-बड़े सेठों, ठेकेदारों, दुकानदारों, तिजारतियों, जंगलात के मालदारों को अपनी रकमें उधार देने वाला, शहर में रहने वाले बड़े-बड़े हाकिमान और वकीलों का मुँह-लगा, इलाके का मान्यवर श्रीधर प्रसाद।

रियासत के ज़माने से सरकारी जंगलों की लकड़ी का कटान, तिजारत करने वाला मालदार दामोदर सिंह।

गाँव का पुश्तैनी सयाणा दिगम्बर सिंह।

वे सभी लोग, जो ग्रामवासियों को हमेशा से, टिहरी-गढ़वाल रियासत के राजाओं के जमाने से दबा कर रखते आये थे।

रोबीले ठाकुर।

मतवाले थोकदार।

बस्ती के वे तमाम लोग जिनकी धमकियों से डर कर गरीब लोग हगने-मूतने लगते थे, रात के उस मौके पर उन सब की टट्टी-पेशाब तक रुकने लगी थी।

और ऐसे लोग, जिन की ओर, बाकी तमाम मामलों में, गाँव के कई निवासी अपनी हिफ़ाजत या सहायता के लिए आशाभरी नज़रों से देखते रहते थे, बाघ की उस हरकत की जानकारी होते ही उन सब को भी काठ मार गया था। गाँव के अशक्त, कमज़ोर लोगों की तरह इस वक़्त वे सब के सब ख़ुद भी अशक्त हो चुके थे। वे सब गाँव के बेबस, शक्तिहीन, मामूली लोगों की बेसहारा पंगत में शामिल हो चुके थे। उनकी शक्ति अचानक क्षीण हो गयी थी। गाँव के रक्षक ख़ुद अपने को अरक्षित महसूस करने लगे थे। वे ख़ुद ही सुरक्षा के याचक बने घूम रहे थे। बाघ की एक हरकत से सब चीज़ें आपस में घुल-मिल गयी थीं। पाखा गाँव में इस वक़्त कोई बड़ा या छोटा नहीं रह गया था। कोई ऊँच या नीच नहीं दिखाई दे रहा था। सब-के-सब एक बराबरी पर खड़े हो चुके थे। कालिया कोली और ठाकुर जट्टू सिंह। बाघ ने आतंक मचा देने वालों को भी इस बात का अहसास करवा दिया था कि आतंक क्या चीज़ होता है। और आतंक की स्थिति कैसी स्थिति होती है।

कि जिसे आतंकित किया जाता है उसे कैसे-कैसे कँपाने, हिला देने वाले हालात से हो कर गुजरना पड़ता है।

❐

वह जगह जहाँ पर बाघ ने गाय मारी थी, श्रीधर प्रसाद के घर से एक गोली की मार भर की दूरी पर थी। श्रीधर प्रसाद के घर के खुले बारामदे से एकदम सामने दिखाई देता था वह खेत। इतना नज़दीक कि लगता है सेठ के घर का आँगन हो। अपने निकटतम पड़ोस के उस समतल खेत पर सेठ की हमेशा नज़र लगी रहती थी। उसका दम टूटे तो किसी जाली अँगूठे के बल पर तैयार किये जाने वाले फर्जी काग़ज़ के आधार पर सेठ उसपर अपना कब्ज़ा जमा लेगा। पटवारी अपने आप करता है सब फ़र्ज़ अदायगी की कार्यवाही। कुछ देर पहले तक, शाम का उजाला रहते-रहते उस खेत में साफ़-साफ़ दिखाई देती रही थी उसकी मड़ी। मड़ी को वहाँ से हटा कर कहीं और नहीं ले जाया जा सकता था। वैसा करने पर बाघ के मारे जाने की कुल संभावनाएँ ख़त्म हो सकती थीं। गाय की मड़ी पर आदमी का हाथ छूते ही उससे मानुष-गन्ध आने लगती है। मानुष-गन्ध को दूर से ही सूँघ कर बाघ वहाँ से भाग खड़ा हो सकता था। श्रीधर प्रसाद कई तरह की समस्याओं से घिर गया था। ज़्यादातर उल्टी समस्याएँ। विकराल समस्याएँ।

❐

गाय के मार दिये जाने के कुछ ही देर बाद शाम का धुंधलका रात में बदल गया था। आकाश में और गाँव के वातावरण में घना अंधकार अपनी काली चादर फैल चुका था। और उसके साथ-साथ गाँव के श्रीमान लोगों के दिलों में भी भीतर-बाहर फैले अंधकार में डूबने लगे थे। और दिनों की तरह रात के मौके पर खिल-खिल जाने वाली उनके अन्दर की हँसी-ख़ुशी ग़ायब हो चली थी। उन्हें कहीं से भी आशा की कोई किरण आती नहीं दिखाई दे रही थी। किसी भी ओर से नहीं।

❐

सेठ श्रीधर प्रसाद ने अपने बेटों रामसिंह और कुँवरसिंह की जोट को सख्त निर्देश दे दिये थे कि आज की रात वे घर से बाहर न निकलें। घर का कोई भी सदस्य बाहर न निकले। किसी भी सूरत में नहीं। चाहे कुछ ही क्यों न हो जाय।

गोर्ख्याणी[1] का जैसा फरमान।

---

1. सन् 1804-15 में गढ़वाल पर अपने शासन के दौरान विजेता गोर्खों द्वारा गढ़वालियों पर किये गए अत्याचार, जिनकी याद आज दिन तक लोगों के दिल-दिमाग़ में कायम है। समानार्थक शब्द-नादिरशाही

छोटे बेटे ने एक मासूम सवाल पूछा था-और बाबा! जो किसी को पेशाब आ जाये?

-कह दिया बिलकुल नहीं।

- झाड़ा लग जाये?

-जिसको झाड़ा लगे वह घर के भीतर किसी तसले पर निपट ले। मैं तसला रखवा देता हूँ अन्दर। थेलसिंह!

-जी।

- ऐसा कर। ज़रा ऊपर दोछत्ती पर चढ़ जा। वहाँ लोहे का एक पुराना तसला पड़ा होगा पीछे की ओर। तुझे तो अन्दाज़ रहता है वहाँ का? उसे नीचे उतार ला। बाहर से कुछ मिट्टी लेता आ उस तसले पर और उसे हमारे सोने के कमरे के भीतर एक कोने पर धर दे।

-बाबा! हमारे कमरे में तो देवी भी रहती हैं।

-हाँ, रहती हैं।

-देवी नाराज़ नहीं होंगी कमरे के भीतर हमारे झाड़ा फिर देने से?

यह सवाल एक बार फिर छोटे बेटे के दिमाग़ में उठा था।

बड़े बेटे के मन में भी उथल-पुथल मचने लगी थी।

-देवी के थान को गंदा करने पर देवी दोष भी तो कर सकती है?

उन सवालों को सुन कर दुविधा में पड़ गये कातर बाप का जवाब।

-देवी हमारी हालत देख ही रही है। देवी दोष नहीं करेगी। ऐसे मौके पर हमारी रक्षा करेगी, जो उस देवी के पास आँखें होगी देखने को।

छोटा अपने मन में उठ रही बातों को खोल कर बोल देने से अपने को रोक नहीं पा रहा था।

- ऐसा भी तो हो सकता है बाबा, कि देवी हमारी रक्षा करना चाहे तो अपनी ताकत लगा कर उस बाघ को हमारे घर की तरफ आने ही न दे?

-जब बाघ की मड़ी हमारे घर के बाहर है तो उसपर तो बाघ आयेगा ही।

तब तक थेल एक तसले पर कुछ मिट्टी रख कर उसे कमरे के भीतर रखने के लिए किसी सुरक्षित कोने की तलाश करने लगा था। श्रीधर प्रसाद ने हाथ से इशारा कर उसे दरवाजे के पास वाले कोने पर रखवा दिया था।

थोड़ी देर बाद रात में ही श्रीधर प्रसाद ने थेलसिंह को भेज कर मालदार दामोदर सिंह को अपने घर पर बुलवा लिया था। श्रीधर प्रसाद कभी किसी के घर नहीं जाता। वह अपने को इलाके का सबसे बड़ा आदमी मानता आया है। है भी। सभी लोग ऐसा ही मानते हैं। लेकिन बाघ आदमी नहीं। वह तो एक जानवर है। आदमियों के बीच के छोटे-बड़े लोगों को नहीं पहचानता। किसी बड़े या छोटे में वह कोई फर्क नहीं करता। उसके सामने तो कुल मनुष्य बराबर हुए। सब को एक समान नज़र से देखता है बाघ।

आदमियों के बीच के छोटे-बड़े लोगों का फर्क नहीं कर पाता। बस यही एक कमज़ोरी है बाघ के अन्दर। इस एकमात्र कमज़ोरी के कारण रह गया वह जानवर का जानवर।

तीन लोग, जिन की गाँव के मान्य और बलवान लोगों में गिनती होती है, इस एकदम नयी किस्म की परिस्थिति पर विचार करने के लिए, आपस में सलाह-मशविरा करने के लिए एक स्थान पर जमा हो गये थे। मालदार दामोदर सिंह के अलावा तीसरा आदमी दर्शनसिंह, जिसे अपनी ओर आते देख वन में घास काट रही घसियारिनें बिदकने, भागने लगती हैं। उसके हमले से किसी तरह अपने को बचाने के लिए कँटीली झाड़ियों तक के नीचे लुकने-छुपने लगती हैं। वे आतंक के साए में जीने लगे थे। भयंकर संकट के इस मौके पर उनमें से किसी का भी दिमाग़ काम नहीं कर पा रहा था। और वे सब अपने-अपने मन में, अपने-अपने ढंग से, गाँव की, ख़ास कर अपनी और अपने बाल-बच्चों की, सुरक्षा के उपायों पर गम्भीर विचार-विमर्श करने लगे थे।

❐

गाय पर हमला कर बाघ ने श्रीधर प्रसाद को एक दूसरी किस्म के, भयानक संकट में भी डाल दिया था। श्रीधर प्रसाद ने अभी कुछ ही महीनों पहले शहर जाकर परगनाधिकारी के पास एक अर्जी पेश की थी। अर्जी में कहा गया था कि दुश्मन गाँव के लोगों को बेवज़ह धमकाता रहता है और इस बात का सख्त अंदेशा है कि अपनी बन्दूक से वह किसी गाँववासी के ख़िलाफ़ किसी भी समय ग़लत काम को अंजाम दे सकता है। इसलिये प्रार्थना की गयी थी कि दुश्मन का लाइसेंस रद्द कर उसकी बन्दूक को जब्त कर दिया जाय।

❐

श्रीधर प्रसाद ने थेल सिंह को भी कह दिया था—आज की रात तू भी यहीं पर रहेगा। कहीं इधर-उधर जाने की ज़रूरत नहीं। बड़े आदमी का हुक्म। थेल के बाल-बच्चों की रक्षा वे ख़ुद ही कर लें। वह कोई समस्या नहीं।

श्रीधर प्रसाद पलंग पर, दामोदर सिंह और दर्शन सिंह पास रखी कुर्सियों पर और थेल नंगे फर्श पर बैठ गये थे। श्रीधर प्रसाद के दोनों बच्चे, किसी भी हालत में कमरे से बाहर न जाने के सख्त निर्देश के साथ, पलंग के ऊपर बैठा दिये गये थे। वे जब चाहें आँखें मुँदने पर नींद ले सकते हैं।

श्रीधर प्रसाद आम तौर पर गाँव में किसी से बात नहीं करता था। किसी से बात करने की उसे कोई ज़रूरत ही नहीं पड़ती थी। गाँव के अन्दर उसका अपना रुतबा भी किसी बाघ से कम नहीं था।

संगीन मामले पर बात की शुरुआत श्रीधर प्रसाद ने की।

-पिछली मर्तबा उस दुश्मन ने जो बाघ मारा था...।

दामोदर सिंह ने उसकी बात को बीच में काट दिया- बाघ नहीं काका, बाघिन थी।

-अच्छा, बाघिन थी? मैं तो उन दिनों घर पर था नहीं। बद्रीनाथ यात्रा पर गया था। हाँ तो, क्या-क्या चीज़ें मिली थीं उसके पेट में?

- बाघ का पेट। और चीज़ें, हड्डी-माँस, जो भी वह खाता रहा होगा वे सब तो वहाँ ऐसे हजम हो गयी थीं जैसे हमारे पेट में रोटी-भात हजम हो जाते हैं। पर एक सोने की नथ निकली थी उसके पेट से, जो जस की तस मौजूद थी। ज़रा भी टेढ़ी नहीं हुई थी।

दर्शन सिंह बोला- करीब एक महीना पहले सन्तरी धीरू की बहू को भी मार दिया था उस बाघिन ने। दुश्मन ने बाघिन को मारा। उसके पेट को अन्दर से चाक करने पर दो तोले की सोने की एक नथ भी निकल आयी। उस नथ के निकल आने के बाद, उसे देख लेने के बाद हुआ था लोगों को पक्का विश्वास कि दुश्मन ने सचमुच उसी मानुषभक्षी बाघिन को मार गिराया है।

- दुश्मन के ही पास होगी वह नथ अभी तक?

-नहीं। उसने वह नथ धीरू को सौंप दी थी।

-उसने यह नहीं कहा कि यह मेरे शिकार के पेट के भीतर मिला हुआ माल है, इसलिये इस पर मेरा हक बनता है?

-नहीं, उसने वैसा नहीं कहा। उस नथ को ले कर वह ख़ुद ही चला गया था धीरू के घर। अपनी औरत के क्रिया-कर्म के लिए छुट्टी पर घर आया धीरू तब तक अपनी नौकरी पर चला गया था। शतरू ने बाघिन के पेट से निकली वह नथ, गाँव वालों की मौजूदगी में, उसके बूढ़े बाप को सौंप दी थी।

-कहीं दूर से मारी थी शतरू ने गोली?

-नहीं, दूर से नहीं, शतरू ने बहुत नज़दीक से नंगी ज़मीन पर खड़े हो कर मारी थी उस बाघिन को गोली। थोड़ी देर तक वह ज़मीन पर पड़ी घायल बाघिन को देखता रहा। और बाद में उसके एकदम पास चला गया था।

श्रीधर प्रसाद—तुझे बताया था दुश्मन ने कि वह गोली चला देने के बाद बाघिन के पास गया था?

दर्शन सिंह- हाँ, उस घटना के बारे में शतरू ने ऐसे बताया था जैसे कि उसे ख़ुद भी बहुत अफसोस हो रहा हो।

-किस बात का अफसोस? उस बाघिन पर गोली चलाने का अफसोस कि उसके पास पहुँच जाने का अफसोस ?

- घोर उदासी के स्वर में बताई थी दुश्मन ने वह बात।

-भाई! बाघिन घायल थी। वह इस काबिल नहीं रह गयी थी कि अपनी कमर को ज़रा भी उठा सके या आगे बढ़ कर किसी पर वार कर सके। यह भरोसा हो जाने पर कि अब वह उठ कर या छलाँग लगा कर मुझ पर हमला करने में कतई बेबस हो गयी है, मैं उसके धोरे चला गया। वह उसी बैल के पास लेट गयी थी जिसे उसने अगले दिन

मार गिराया था। अपनी मड़ी के पास। जैसे दो सगे जान-बूझ कर अगल-बगल में लेट गये हों। ज़मीन पर घायल पड़ी बाघिन छटपटा रही थी। साफ़ दिखाई दे रहा था कि वह दम तोड़ रही है।

-तुझे देखा उसने?

-देखा? वह मुझे ऐसी कातर नज़रों से देखने लगी थी जैसे कि उस वक़्त मुझे अपने पास खड़ा पा कर उसे कुछ सहारा मिल रहा हो। जैसे कि मैं उसका कोई सगा होऊँ। ऐसे कि जैसे कोई मरता हुआ आदमी जीवन की आख़िरी घड़ियों में अपनी याद करने आये किसी आत्मीय की ओर इकहरी नज़रों से कातर हो कर ताकने लगा हो।

-उसे पता चल गया होगा कि उसकी मौत तेरे ही हाथों हो रही है?

-जो भी हो, जैसा भी हो। उसकी आँखों में उस वक़्त भारी पीड़ा भरी थी। उन खुली हुई आँखों से एक अजीब किस्म की करुणा प्रकट हो रही थी। उसकी पीड़ा से मैं इतना द्रवित, इतना विचलित हो गया कि उससे ठीक-ठीक नज़रें मिलाने की हिम्मत नहीं जुटा पा रहा था।

और वह बाघिन लगातार मुझ पर ही नज़रें टिकाए थी।

अपनी उन आँखों को हमेशा के लिए मूँदने से पहले आख़िरी बार बहुत कातर हो कर उसने मुझे ताका था।

❐

उस रात श्रीधर प्रसाद के घर के अन्दर, ओबरे में, बहुत कम उम्र के दो तगड़े बकरे बँधे थे। वे लगातार मिमियाते जा रहे थे। बन्द ओबरे के अन्दर से उनके लगातार मिमियाते रहने की तेज़ आवाज़ें घर के भीतर ऊपरी मंजिल तक भी पहुँचती जा रही थीं। उन्हें उस तरह मिमियाते सुन-सुन कर श्रीधर प्रसाद के अन्दर भय और बेचैनी बढ़ती जा रही थी। शतरू की बन्दूक के जब्त कर दिये जाने की ख़ुशी में जश्न मनाने के लिए मँगवाए गये उन दोनों बकरों का उस घर में आना अब उसे भारी अपशकुन जैसा लग रहा है। उसके दिल में आ रहा है कि उन दोनों बकरों को अपने घर के ओबरे से निकाल कर किसी दूसरी जगह भेज दे। उनकी वहाँ मौजूदगी से अनर्थ हो सकता है।

और वह समझ नहीं पा रहा है कि वह अपनी बात, जो कि वह वहाँ पर मौजूद आमंत्रित गणमान्य लोगों से कहना चाहता है, और जो उसे मजबूर हो कर हर हालत में मुँह से बाहर कहनी ही पड़ेगी-कि पटवारी से कहा जाय कि बाघ का खात्मा करने के लिए वह शतरू को उसकी बन्दूक लौटा दे, को कैसे शुरू करे और कहाँ से शुरू करे। इस वक़्त वह अपने को एक भयंकर संकट की स्थिति में फँसा हुआ पा रहा है। उसकी शिकायत के आधार पर शतरू की बन्दूक के छीन लिये जाने की बात का गाँव में करीब-करीब सभी लोगों को पता लग गया है। अब शतरू की बन्दूक उसे लौटा देने की बात कहना ऐसा ही होगा जैसा कि एक बार ज़मीन पर थूक देने के बाद उस थूक को कोई फिर

से अपनी जीभ से अपने मुँह में लेने की कोशिश करने लगे जिसे कहते हैं 'थूके हुए थूक को चाटना'। श्रीधर प्रसाद ऐसा कैसे कर सकेगा? एक दुष्ट बाघ ने शान्ति बुढ़िया की गाय को मार कर श्रीधर प्रसाद के सामने अजीब समस्याएँ पैदा कर दी हैं। वह आज ही की बात है जब पटवारी ने शतरू को अपनी चौकी पर तलब किया था।

❒

सुबह का समय था। पटवारी हीरालाल अपने घर के आँगन में चिनी गयी पत्थरों की दो हाथ चौड़ी दीवार पर, पूरब में उगने के बाद बहुत तेजी से दक्षिणी दिशा की ओर प्रस्थान कर रहे सूरज की ओर, पीठ करके बैठा धूप ताप रहा था। दीवार के ऊपर उसके आस-पास कुछ सरकारी काग़ज़ात रखे थे, जिन्हें उसने छोटे-छोटे पत्थरों से दबा रखा था ताकि हवा के तेज़ हो जाने पर वे कहीं उड़ न जायें। वह एक लम्बे-चौड़े नक्शे को बहुत ध्यान से देखता जा रहा था। नक्शे के बीचोबीच एक लम्बी, गहरी रेखा खिंची थी, जोकि बस्तियों, जंगलों के बीच बहने वाली एक पहाड़ी नदी--मरगदना को दर्शाती थी। उसके धोरे पहुँच कर शतरू ने हाथ जोड़ कर उसे नमस्कार किया। शतरू के नमस्कार के बाद भी, हीरालाल ने अपनी गर्दन ऊँची नहीं की। वह उस फैले हुए नक्शे पर नज़रें गढ़ाए रहा। मरगदना के विस्तार को देखता हुआ वह शायद उसकी सीमाओं का, उनके माध्यम से बदलती पट्टियों और तदनुसार अपने अधिकारों का ठीक तरह से जायज़ा ले रहा था। अपने सर को ज़रा-सा ऊपर उठा कर वहाँ आने वाले की सूरत देखने की उसने ज़रूरत नहीं समझी। लेकिन उसे अच्छी तरह मालूम था कि वह व्यक्ति कौन है जो उसके सामने हाजिर हो कर उसे पालागन कर रहा है।

उसने काग़ज़ पर से अपना ध्यान हटाये बग़ैर कहा -आ भाई शतरू। कहाँ था तू आजकल? दिखाई नहीं दिया बहुत दिनों से।

-मैं घर ही पर था साब पण्डितजी।

-कहीं शिकार करने नहीं निकला इस बीच? मरगदना के उस पार गया था कहीं शिकार की खोज में?

- कहीं नहीं गया पटवारीजी। मरगदना के पल्ली तरफ गया ही नहीं। आप की पट्टी में ही रहा। घर पर ही रहा इस बीच। कोई काम था साब पटवारीजी?

- काम है शतरू भाई। काम ऐसा है कि तू अपनी बन्दूक मुझे दे देना।

- बन्दूक साब? बन्दूक! कहीं शिकार खेलने जायेंगे पटवारीजी?

- मैं शिकार खेलने नहीं जाऊँगा। तेरे ख़िलाफ़ एस.डी.एम. साहब का आडर आया है बन्दूक को जब्त कर देने का। बन्दूक मालखाने में जमा करवानी होगी।

- किसी ने कोई शिकायत की थी साब पटवारीजी, मेरे ख़िलाफ़?

- सेठजी की शिकायत पर अदालत ने आडर किया है।

- क्या शिकायत थी साहब?

- शिकायत का पता तो अदालत में पहुँचने पर ही लग पायेगा शतरू।

- उसकी नकल मिल सकती है साहब मुझे?

- भई, नकल तो तुझे अदालत में ख़ुद हाजिर हो कर, अपनी जमानत करवाने के बाद माँगनी होगी। तब जैसी अदालत की मर्ज़ी होगी। अब हथियार के बारे में की गयी कोई शिकायत है। पता नहीं, मरगदना के इस पार की है कि उस पार की। उस पार की होगी तो मैं कुछ भी नहीं कर सकता उस मामले में। और नकल मिल भी सकती है, नहीं भी मिल सकती। पर बन्दूक तेरे पास नहीं रह सकती।

❑

विकराल बाघों का सामना करने वाले शतरू पर अपनी ज़िन्दगी में कभी उस तरह का हमला नहीं हुआ था। किसी विकराल, आदमखोर बाघ के हमले से भी ज़्यादा ज़बर्दस्त हमला। गोली की मार से भी ज़्यादा तेज़ मार। ऐसी पटकनी कि वह ज़मीन से उठ तक न सके। पटवारी के मुँह से निकलने वाली बातों को सुनते ही, खूँखार बाघों का आसानी से शिकार कर देने वाला तोपची बुरी तरह घबरा गया था। अपने मन के भीतर वह काँपने लगा था। हुक्म सुना दिया गया था। अन्तिम आदेश। उसे पटवारी के पास अपनी बन्दूक जमा करनी है। उस हुक्म की फिलहाल गाँव के अन्दर कोई अपील नहीं हो सकती थी। कहीं कोई निगरानी नहीं हो सकती थी। वह सेठ श्रीधर प्रसाद से माफी माँग ले या राजीनामा कर ले तब भी कुछ नहीं हो सकता। अदालत में उसे जाना ही पड़ेगा। और वहाँ जाने पर पता नहीं क्या होता है। पटवारी के मुँह से उस आदेश को सुन लेने के बाद, और उसके मतलब का कसैला निचोड़ निगल लेने के बाद अपना मुँह लटकाए वह फ़ौरन अपने घर की ओर चल दिया।

❑

मिट्टी-पत्थर के कच्चे घर के ऊपर की मंजिल में सोने के कमरे के अन्दर एक लम्बे संदूक के पीछे, दीवार के सहारे टिका कर उसकी बन्दूक रखी रहती है। उसके बाप की मौत के बाद माँ ने वहाँ से हटा कर उसे काकर[1] में डाल दिया था। वहाँ कई दिन तक वह धूल फाँकती रही। तब उस वक़्त गाँव में जो पटवारी रहता था, उसने राँड-मूँड औरत समझ कर उसकी मदद की और बन्दूक को अपने पास ले लिया था। बाद में उसे टिहरी ले जा कर ख़ुद ही मालखाने में जमा करवा दिया था। शतरू ने बालिग होने की उम्र से पहले, बन्दूक हासिल करने के लिए पटवारी से लाइसेंस बनवा देने की बात कही। पटवारी जानता था वह किसका बेटा है। उसने उसका लाइसेंस बनवा दिया। मालखाने से बन्दूक शतरू को दिलवा दी। बन्दूक के मिलते ही शतरू उत्साहित हो कर उसपर अपना हाथ साधने लगा था। उसने परिन्दों से शुरुआत की। फिर छोटे

---

1. दोछत्ती

जंगली जानवरों पर या कभी-कभार अपनी राहें भटक कर बस्ती के करीब आ जाने वाले हिरनों पर निशाना साधने लगा। बाद-बाद में वह बाघों से भी भिड़ने लगा। पटवारी चौकी से अपने घर तक आते हुए दुश्मन को अपने शिकारी जीवन की अनेक घटनाएँ अच्छी तरह याद आने लगी हैं।

घर पहुँच कर उसने बड़े संदूक के पीछे उस अँधेरे कोने पर नज़र दौड़ाई। बन्दूक हमेशा की तरह अपनी जगह पर मौजूद थी। दीवार के सहारे टिका कर रखी गयी बन्दूक को उसने वहाँ से बाहर निकाला। उसे हाथ में ले कर बहुत दुःख के भाव से उसे चूमा। ऐसे ही भाव से चूमा जैसे उसकी माँ ससुराल के लिए प्रस्थान कर रही उसकी रोती हुई दीदी को हर बार चूमने लगती है। उसे बन्दूक बेजान लग रही थी। बन्दूक ख़ामोश थी। रो नहीं रही थी। जानवरों का शिकार करने वाली, शिकार करते वक़्त शतरू की रक्षा करने वाली बन्दूक इस वक़्त उसके हाथ में थी। लेकिन वह बेदम थी, कोई हरकत नहीं कर रही थी निर्जीव बन्दूक ख़ुद कोई हरकत नहीं कर सकती। वह ख़ुद कोई हमला नहीं कर सकती। बन्दूक की मार करने की ताकत उसके तोपची की बाहों से और उसकी उँगलियों के इशारे से पैदा होती है। बन्दूक अपने तोपची के इरादों को, उसकी उँगली के इशारों को समझती है। उसकी उँगली का मामूली इशारा उसे हरकत में ले आता है। हलका-सा इशारा पाते ही बन्दूक अपने से बहुत दूरी पर मौजूद किसी निश्चित निशाने पर मार कर बैठती है। उस निर्जीव, बेदम हो उठी बन्दूक को हाथ में लटकाए वह अपने कमरे के अन्दर से बाहर निकला। फिर आँगन को पार करता हुआ वहाँ से भी बाहर निकल गया।

वह गाँव की मुख्य राह पर चलने लगा था। बग़ैर कुछ बताए हाथ में बन्दूक ले कर उसे घर से बाहर जाते देख माँ घबड़ा गयी।

- बेटा, सिद्ध?

- आ रहा हूँ माँ, अभी लौट आता हूँ।

माँ असमंजस में पड़ गयी। ऐसा कभी नहीं होता था कि वह माँ को कुछ भी बताए बग़ैर बन्दूक को साथ ले कर घर से निकल पड़े। वह डर गयी कि गाँव में आज किसी से इसकी कुछ कहा-सुनी तो नहीं हो गयी। किसी से झगड़ा तो नहीं कर बैठा मेरा दुश्मन, जो इस तरह चला जा रहा है। यह भी हो सकता है कि इसे गाँव की सीमा के अन्दर घुस आया कोई जंगली जानवर दिखाई दे गया होगा? बन्दूक को साथ ले कर जा रहा है तो ऐसे मौके पर सबसे बुरी मात मानी जाती है तोपची को टोकना -हाँ! कहाँ चले? ऐसा सवाल पूछना ठीक नहीं होता। दुश्मन का कुछ समझ में न आने वाला संक्षिप्त जवाब 'आ रहा हूँ माँ' सुन कर वह घबड़ा गयी। लेकिन उसके बाद उसने और कुछ नहीं पूछा। वह एक जाने-माने शिकारी की औरत थी। बन्दूक को हाथ में लिये घर से निकल रहे शिकारी को ज़्यादा नहीं पूछा जाता। मन मसोस कर वह उसे जाते हुए देखती रह गयी।

❑

रास्ते में गर्दन लटका कर जाते हुए दुश्मन की शेरसिंह से भेंट हो गयी। शेरसिंह के मन में भी वही बात आयी- हाथ में बन्दूक लिये शिकार के लिए प्रस्थान कर रहे तोपची को रास्ते में टोकना बुरा माना जाता है। वैसा सोच कर शेरसिंह ने उससे कुछ पूछना ठीक नहीं समझा। लेकिन एकदम कुछ भी बोले-बतियाए बग़ैर, किसी दुश्मन की तरह मुँह फेर कर आगे निकल जाना भी उसे जँच नहीं रहा था। बन्दूक हाथ में उठाये वह अलस्सुबह, अँधियारे में नहीं जा रहा है, आधा दिन निकल जाने के बाद जा रहा है। चाहे जहाँ भी जा रहा हो। दोस्त है, घर का आदमी। कोई दुश्मनी तो नहीं है उससे।

- और भाई शतरू, कुशल-मंगल?

- ठीक ही हूँ भाई। पटवारी को बन्दूक देनी है।

- क्या बात? अब हलका पटवारी को भी पड़ने लगी है तेरी भरवा बन्दूक की ज़रूरत?

- बुझाने जा रहा हूँ।

- बुझाने?

- हाँ! अदालत से हुकम आया है कि बन्दूक को जब्त कर देने का।

- किसी ने शिकायत की थी?

- पण्डित श्रीधर प्रसादजी की शिकायत पर अदालत ने आडर किया है। ऐसा बता रहा है पटवारी।

❑

अपनी बेजान लग रही, ठण्डी बन्दूक को हाथ में लिये वह फिर से पत्थरों की दीवार के ऊपर जम कर बैठे पटवारी के पास जा पहुँचा। अबकी बार पटवारी ने काग़ज़ों से अपनी नज़रें हटा कर गर्दन ऊँची की और बहुत ग़ौर से शतरू की ओर देखा। खूँखार बाघों का मुकाबला करने वाला, सिर्फ़ एक गोली से उन्हें ज़मीन पर गिरा देने वाला, बहुत दुबले-पतले शरीर का, औसत कद का एक बहादुर तोपची। दुश्मन ने हाथ की बन्दूक पटवारी की ओर बढ़ाई।

- लो साब पटवारीजी।

- यहीं रख दे शतरू भाई। दीवार के ऊपर धर दे।

बहुत उदास मन से उसने बन्दूक दीवार के ऊपर रख कर पटवारी के हवाले कर दी। यह बात अच्छी तरह उसकी समझ में आ गयी थी कि बन्दूक को अपने पास रख सकने के लिए सिर्फ़ लाइसेंस नहीं चाहिए, श्रीधर प्रसाद की मंजूरी भी चाहिए। पूरे इलाके में हाकिमों का हाकिम।

इस गाँव-बस्ती में श्रीधर प्रसाद की मर्ज़ी के ख़िलाफ़ कुछ भी नहीं किया जा सकता।

दुश्मन की बन्दूक के पटवारी के पास सौंप दिये जाने की बात एक ज़बर्दस्त ख़बर बन कर कुछ ही देर में गाँव भर में फैलने लगी थी।

उस बात की जानकारी सबसे पहले श्रीधर प्रसाद को मिली थी।

ख़बर मिलते ही श्रीधर प्रसाद ने फ़ौरन थेल को बुलवा भेजा।

-बुलाया सेठजी?

-हाँ थेल। मैंने बुलाया तुझे। तुझे पलेठी के जंगल में जाना है।

-पलेठी के जंगल में?

-हाँ, इस वक़्त बकरवाल पलेठी के वन में होंगे अपनी बकरियों के साथ। तू वहाँ जा और किसी बकरवाल से ठीक मोल-भाव कर एक जोड़ी बकरे ले आ खरीद कर। ऐसे बकरे, जिन की उमर ज़्यादा न हो। छोटे-छोटे पर तगड़े गबरू, जिनकी गर्दनें ऐसी हों कि उन्हें सब्जी काटने के चाकू से भी कलम किया जा सके। बकरा बूढ़ा हो जाता है तो, तू जानता ही है, उसका माँस पक्का हो जाता है। उस माँस को खाने में वह ज़ायका नहीं आता, जो जवान या कम उम्र के बकरे के माँस में आता है। बोटियों को ऐसे चबाते रहना पड़ता है जैसे माँस के नहीं, सूखे चमड़े के टुकड़े चबाए जा रहे हों।

-बकरे ठीक ही लाऊँगा सेठजी।

-तुझे क्या बताना है? तू ख़ुद ही समझदार है। इस बारे में तो तू मुझसे ज़्यादा जानता है।

मुँहलगे थेल ने मौका देख कर धीरे-से पूछ ही लिया-आज कोई शुभ समाचार आया है सेठजी?

-दुश्मन की बन्दूक जब्ती का आडर आया है थेल। बन्दूक चौकी पर जमा करवा ली है पटवारी ने। अब जाये ज़रा जंगल में शिकार करने! अब हाथ में रबड़ की गुलेल उठाये गौरैयों-पंछियों का पीछा करता फिरेगा बेटा तोपचीराम।

❐

वह कल के दिन और उसके बाद दो-तीन दिनों तक अपने घर पर जश्न मनाने की सोच रहा था। खाने में ज़रा ठीक ढंग की चीज़ें बनवाई जायें और तबियत से पीना-पिलाना भी हो। अपने दो जिगरी दोस्तों, मरोड़ा के जैसिंह और श्रीकोट के कमलानन्द को उसने, उस ओर जाने वाले लोगों के पास, संदेश भेजे थे - ऐसा कहना, शतरू की बन्दूक जब्त हो गयी है। कल दिन में हर हालत में इधर आ जाना। आने वाले दो-तीन दिनों तक भी यहीं रहना होगा, ऐसी तैयारी में आना।

❐

श्रीधर प्रसाद उस जश्न को ज़रा खुल कर, तबियत से मनाना चाहता था। ऐसा जश्न मनाना चाहता था, जो ज़िन्दगी भर याद रह सके।

वह उस जश्न को कुछ-कुछ वैसे ही मनाना चाहता था जैसा कि एक बार उसने दो साल पहले मनाया था। बल्कि उससे भी बेहतर। उस बार कुछ ही दिनों की मामूली बीमारी के बाद, उपचार के अभाव में, उसके सगे चचेरे भाई यज्ञदत्त की मौत हो गयी थी। मरने वाले के घर में ज़हर खाने के पैसे भी नहीं थे। दोनों परिवारों के मकान अलग-अलग थे और उनके खुले आँगन आपस में सटे हुए थे। यज्ञदत्त के घर में मातम छा गया था। मौत का मातम। शव के घाट की ओर चले जाने के बाद घर के अन्दर से किसी के रोने-कराहने तक की आवाज़ें नहीं आ रही थीं। रोने-कराहने वाला कोई था भी नहीं घर के अन्दर। यज्ञदत्त की बिधवा थी और उसकी घाट पर जाने को तैयार बैठी माँ थी। यज्ञदत्त की बिधवा, परम्परा को तोड़ कर, शवयात्रियों के साथ ख़ुद भी घाट पर चली गयी थी। शव तो सबके घाट पर पहुँच ही जाते हैं। जो ज़िन्दा रह जाते हैं, वे पहुँचा देते हैं। साधनों के घनघोर अभाव में वह बेवा अपने स्वर्गीय पति के जीवन काल में उसका उपचार नहीं करवा पाई थी। अब उसके मन में यह डर बैठ गया था कि उसे बेसहारा राँड-मूँड औरत समझ कर, लोकलाज के मारे घाट पर जा रहे शवयात्री, कहीं उसके पति के शव को घाट पर यों ही अधजला छोड़ कर लौट न आयें। अपने खेत में जमा लकड़ियों के चार गट्ठों को एक-एक कर अपने सर पर ढोते हुए उसने घर से घाट तक के दो चक्कर ख़ुद ही लगाये थे। कुछ लकड़ियाँ शवयात्रियों ने धर्मलकड़ी देने के नाम पर अपने हाथों में ले ली थीं। लेकिन पूरी लकड़ियाँ नहीं पहुँचाई जा सकी थीं। श्रीधर प्रसाद या उसके परिवार का कोई सदस्य शवयात्रा में शामिल नहीं हुआ था। गाँव की दो औरतों ने भी घाट पर लकड़ियाँ पहुँचाने में यज्ञदत्त की बेवा की मदद की थी। एक-एक गट्ठर वे भी पहुँचा आयी थीं अपने सर पर। यज्ञदत्त की बेवा अन्त तक घाट पर मौजूद रही। चिता के जलते हुए उसे अपनी ज़िन्दगी के पिछले तमाम दिन याद आते रहे। कुल भले और बुरे दिन। और अपने लोग, जिनसे आजीवन सम्पर्क रहता आया। सब कुछ याद आ रहा था घाट पर। यज्ञदत्त की विधवा को उस वक़्त अपने भविष्य की कोई चिन्ता नहीं सता रही थी।

❐

घाट से लौट कर, परम्परा के अनुसार, शवयात्री यज्ञदत्त के आँगन में जमा हो गए। रस्म के मुताबिक पहले से वहाँ रखे गये बर्तन से वे अपने-अपने ऊपर गोमूत्र के छींटे लेने लगे। उन्होंने देखा कि श्रीधर प्रसाद हाथ में एक ख़ूब लम्बी छुरी लिये हुए दोनों आँगनों के बीच में खड़ा है। वह बहुत ख़ुश और उत्साहित मालूम हो रहा था। वहाँ खड़े डैंकण[1] के पेड़ की एक शाख पर एक ताजा कटे बकरे का पूरा शरीर झूलता हुआ दिखाई दे रहा था। उसके ठीक नीचे ज़मीन पर एक बड़ी कढ़ाही रखी थी, जिस पर बकरे के धड़ से टपकता ताज़ा ख़ून जमा हो रहा था। श्रीधर प्रसाद बकरे के शरीर से उसका एक रान काट कर ज़ोर-ज़ोर से आवाज़ें लगा रहा था।

---

1. पहाड़ी नीम

- अरे, सुन रहे हो? कहाँ चले जाते हैं सब? इस रान को पकाना मत। इसकी बोटियाँ सरसों के तेल में रला कर कच्ची खायी जायेंगी।

निकटतम पड़ोस, और अपने सगों के बीच हुई उस मौत के बाद पूरे पाँच दिन तक श्रीधर प्रसाद ने खुल कर जश्न मनाया था। उसने दूसरे गाँवों से अपने दो दोस्त भी वहाँ बुलवा लिये थे। जाड़ों का मौसम था। दिन के मौके पर आकाश में सूरज के मौजूद रहते वे सभी लोग आँगन में बिछे तख्त पर दरी डाल कर वहाँ खुली धूप में बैठ जाते। सबको दिखाते हुए खाने-पीने के दौर वहीं चलते रहते। यज्ञदत्त की बेवा और उसकी घाट पर जाने को तैयार माँ अपने ग़म में डूबे हुए थे। श्रीधर प्रसाद उस दौरान उनके ग़म में शरीक नहीं हुआ। लोकलाज के डर से दिखावे के लिए भी नहीं। शवयात्रा में शामिल होने के बजाय उसने यज्ञदत्त की माँ और बिधवा को दिखाते, सुनाते हुए रँगरेलियाँ मनाने की योजना बनाई थी ताकि उनका दुःख कुछ और बढ़ाया जा सके। उस बेसहारा परिवार को उस हालत में देख कर और अपनी हरकतों से उनका दुःख कुछ और बढ़ा लेने पर, सेठ श्रीधर प्रसाद को बहुत सुख और बहुत चैन मिलने लगता था। यज्ञदत्त की मौत के बाद वह उससे बदला लेने लगा था।

उसने अपना बैटरी से चलने वाला बड़ा रेडियो उसकी बड़ी बैटरी के साथ बाहर आँगन में एक स्टूल के ऊपर रखवा दिया था, जिससे दिन भर गीत-संगीत की धुनें बजती रहती थीं।

वह उसी दौरान की बात है जब यज्ञदत्त की बिधवा और उसकी माँ को शोक प्रकट कर दिलासा देने आयी शतरू की माँ को श्रीधर प्रसाद ने आवाज़ दे कर अपने पास बुला लिया था।

-दुश्मन घर पर ही होगा?

-हाँ। घर पर ही है।

-उसें ऐसा कहना कि तुझे बुलाया है।

माँ के घर लौटते ही दुश्मन श्रीधर प्रसाद के पास जा पहुँचा। शाम का समय था। सूरज डूबने की तैयारी कर रहा था। श्रीधर प्रसाद आँगन में अपने यारों के साथ बैठा था। डैंकण के पेड़ की शाख पर एक छोटे बकरे के धड़ का कुछ हिस्सा झूल रहा था। उसके रान और गर्दन काटे जा चुके थे। बाकी बचा हिस्सा रस्सी से बँधा था। उस वक़्त वे लोग दारू नहीं पी रहे थे। शाम की चाय पी रहे थे।

-बेटा शतरू! मैंने तुझे एक बहुत ख़ास मतलब से बुलाया है।

-हाँ, बोलिये सेठजी। मैं तो माँ के कहते ही फ़ौरन चला आया घर से। हुकम?

-बात ऐसी है शतरू। मैंने परसों एक बकरा मँगवाया था। वह आज ख़त्म हो रहा है। निपट ही गया है करीब-करीब। डैंकण के पेड़ पर लटका सामने दिखाई दे रहा है। बस जो दिखाई दे रहा है, उतना ही बचा है। घर के अन्दर शिकार[1] के नाम पर

1. गोश्त

अब और एक टुकड़ा भी बचा नहीं है। यह आज रात में या हद से हद कल सुबह तक काम दे पायेगा। मेरे मन में हमेशा यह बात आती रहती है कि घर के बकरे के माँस में वैसा मज़ा नहीं आता जैसे जंगली जानवर की शिकार में आता है। इसलिये बुलाया था तुझे।

❐

इसके परिवार में ग़मी हुई है। इसकी दुश्मनी मरने वाले के साथ थी। अब उसके मर जाने के बाद यह सेठ उसके बेसहारा माँ और बेवा से बदला लेने लगा है। ग़मी की रस्म में शामिल होने के बजाय मृतक सगे चचेरे भाई की माँ और बेवा का दुःख बढ़ाने की गरज से, समाज के डर से एकदम बेपरवाह हो कर, यह आदमी खुलेआम इस तरह का जश्न मना रहा है। परिवार या बिरादरी में ग़मी हो जाने पर रस्म के मुताबिक तेरह दिन तक घर में दाल-साग को छौंका नहीं जाता। हल्दी या तेल का प्रयोग नहीं करते। घर में कोई उत्सव नहीं मनाया जाता। तीज-त्यौहार बन्द हो जाते हैं अपने आप। किसी को कुछ कहना, बताना नहीं पड़ता। मरने वाला चला जाता है लेकिन इन रस्मों से अपने को बाँधे रख कर हम अपनी बिरादरी से अपने सम्बन्ध बनाए रखते हैं। शोक हम मरने वाले के लिए नहीं, अपने लिये, अपने ज़िन्दा लोगों को आपस में बाँधे रखने के लिए मनाते हैं। दुश्मन इन तमाम बातों पर विचार करने लगा था और उसे सेठ की बातें बहुत बुरी तरह अखरने लगी थीं। श्रीधर प्रसाद की हरकतों से उसे अपने मन में बेहद अफसोस होने लगा था। अफसोस भी और घृणा भी। ऐश्वर्य आदमी को कितना अन्धा बना सकता है? सेठ के कुल में हुए शोक के ऐसे मौके पर उसके हैवानी मनोरंजन के लिए शतरू ने जंगली जानवर का शिकार करने से साफ़-साफ़ मना कर दिया था।

-मैं ऐसे में शिकार करने नहीं जा सकता।

शतरू को वैसा बोलते बात सुन कर सेठ को ग़ुस्सा आ गया। वह उसे धमकाने पर उतर आया।

- ऐसे में नहीं जा सकता! कैसे ऐसे में ? अरे! तू बोल क्या रहा है? तेरी बात मेरी समझ में नहीं आ रही है। ज़रा ठीक तरह से खोल कर बोल।

-ठीक तरह से बोल रहा हूँ। जो ठीक समझ रहा हूँ, वही बोल रहा हूँ।

-तू राजपूत, मैं ब्राह्मण। इन बातों से तुझे क्या मतलब? हमारे मामले में तू क्यों दखल दे रहा है? तू कौन होता है हमारे बीच दखल देने वाला?

-मुझे गाँव में रहना है सेठजी। गाँव को छोड़ कर नहीं जा सकता।

-गाँव वालों से तुझे मतलब? गाँव वाले पाल रहे हैं तुझे?

-पालता तो कोई किसी को नहीं है सेठजी, हर आदमी अपनी मेहनत पर ज़िन्दा रहता है।

-सोच ले शतरू।

-सोच लिया है सेठजी। ऐसे में शिकार करने के लिए जंगल जाना मेरे वश का काम नहीं हो सकता।

दुश्मन सेठ के घर से लौट आया था। वहाँ से निकल रहा था तो उसने श्रीधर प्रसाद को अपने साथ बैठे लोगों से कहते सुना—तीन कौड़ी का आदमी। कितनी अकड़ दिखा रहा है।

वहाँ पर बैठे उसके एक दोस्त किरपा के मुँह से निकला-हर आदमी को अपनी औकात के अन्दर रहना चाहिए।

घर पहुँचते ही शतरू ने अपनी माँ से पूरा किस्सा बयान कर दिया था। उसकी माँ ने कहा था—बेटे, तूने बहुत ठीक काम किया है। ऐसे मौके पर सेठ के आँगन में एक जंगली जानवर पहुँचा कर हम गाँव वालों को क्या जवाब देंगे। किसी के घर में, मैं कहती हूँ, किसी बैरी के साथ भी ऐसा न हो जैसा उस घर में हो गया है। गरीबी, भुखमरी की मार झेल रही यज्ञदत्त की माँ और बिधवा कुछ भी बोल सकने की हालत में नहीं हैं। पर गाँव वाले तो पूछेंगे। और ऐसे लोग जो कुछ भी नहीं बोलेंगे वे हमारे काम के बारे में अपने मन में तो सोचेंगे। इसमें जजमान और ब्राह्मण होने की बात कहाँ उठती है? गाँव तो गाँव है। हम सबको यहीं जीना-मरना है।

❐

शतरू के उस व्यवहार से श्रीधर प्रसाद ने अपने को बहुत आहत महसूस किया था। उसी दिन से, (उसी रात से) वह दुश्मन को अपना व्यक्तिगत दुश्मन मानने लगा था। श्रीधर प्रसाद के मन में बात चुभ गयी थी। शतरू ने कहा था ऐसे में जंगल जाना मेरे वश की बात नहीं। वह शतरू को सचमुच बेबस कर देना चाहता था। ऐसा बेबस, कि वह जंगल जा ही न पाये। जंगल जाने के काबिल ही न रहे। वैसा करने की तदबीरें सोचने लगा था। उसके हाथ में बन्दूक नहीं रहेगी तो उसे जंगल जाने की ज़रूरत ही नहीं पड़ेगी।

वह किसी तरह शतरू की बन्दूक को जब्त करवाने की धुन में रहता था। बन्दूक नहीं रहेगी तो सारी हेकड़ी भूल जायेगा।

❐

श्रीधर प्रसाद के जीवन में एक ऐसा मौका आया कि परगना मजिस्ट्रेट से उसकी अच्छी जान-पहचान हो गयी। उस रात श्रीधर प्रसाद शहर के नामी वकील राघवेन्द्र के घर पर ठहरा था। कुछ दिन पहले उसने राघवेन्द्र से अपने मन की बात बताई थी।

- यार सेठजी! तुमने यह बात पहले क्यों नहीं बताई?

-मैं सोचता था पता नहीं ऐसा हो भी पायेगा कि नहीं।

-हो क्यों नहीं पायेगा? ऐसा कौन-सा काम हो सकता है जिसे करना हमारे वश का न हो? हाँ, पर इसके लिए रकम खर्च करनी होगी।

-रकम की चिन्ता मत करो वकील साब।

-तो तुम अगली बार तैयार हो कर आना। तुम्हारा काम आसानी से करवा दिया जायेगा।

❐

उस रात वकील राघवेन्द्र ने परगनाधिकारी सतेन्द्र कुमार को रात्रि भोजन पर अपने घर पर आमंत्रित किया था। वकील साहब की बैठक में रकम खर्च करने वाले श्रीधर प्रसाद को भी बैठा दिया गया था। चपरासी परमा अपने साहब के साथ सेवा में मौजूद था और उस घर के अन्दर किचन से बैठक तक आने-जाने की छोटी-सी राह पर उसने अपना पूर्ण नियंत्रण कायम कर लिया था।

शहरवासियों को और अदालत में पहुँचने वाले मुस्तगीसों को भी राघवेन्द्र और हाकिम परगना सतेन्द्रकुमार के बीच दिनोंदिन बढ़ती जा रही निकटता के किस्से मालूम थे। दूसरे कुछ वकील लोग उनके करीबी सम्बन्धों के बारे में काफ़ी कुछ बढ़ा-चढ़ा कर भी कहते रहते थे। कुल मिला कर, उनके बीच के उन रिश्तों ने ऐसा जादुई रूप ले लिया था कि उनके बारे में कही गयी रंगीली, अतिरंजित बातों पर भी सुनने वालों को यकीन होने लगता था। लोग कहते थे कि सतेन्द्र कुमार की महीने की कम-से-कम चौथाई रातें राघवेन्द्र के घर पर ही बीतने लगी हैं।

गिलासों के खनकने के कुछ देर बाद, जब साहब को थोड़ा सरूर हो गया, राघवेन्द्र ने धीरे से उस रात के लिए निश्चित ख़ास मुद्दे का जिक्र छेड़ दिया। श्रीधर प्रसाद को उसके गाँव का एक शिकारी हर वक़्त तंग करता रहता है। और धमकाता रहता है। वह शिकारी ऐसा निडर किस्म का है कि बाघ से भी नहीं डरता। बहुत ख़तरनाक किस्म का आदमी है। गाँव की रक्षा के लिए उसके हथियार को जब्त किया जाना ज़रूरी है।

परगना हाकिम ने वकील साहब को यह सलाह दी थी कि श्रीधर प्रसाद की ओर से एक अर्जी पेश करवा दी जाय। बाकी काम अदालत की मर्ज़ी पर छोड़ दिये जायें।

कुछ दिन बाद अपनी धुन के पक्के श्रीधर प्रसाद ने फिर शहर जाने का कार्यक्रम बनाया। उसके दिल के भीतर तो हमेशा आग जलती रहती थी। शतरू की बन्दूक को जब्त कर दिये जाने की अर्जी उसने अदालत में अपने वकील राघवेन्द्र के द्वारा कायदे से पेश करवाई थी। उस अर्जी पर सुनवाई की तारीख तय करते हुए अदालत ने शतरू के नाम उस तिथि पर हाजिर होने का समन भेज दिया था। शतरू पर तामील करने के लिए समन पटवारी के पास भेजा गया था। पटवारी को उसके बारे में पहले से सब कुछ मालूम था। सोची समझी तदबीर के अनुसार, अपनी चुंगी वसूल लेने के बाद, पटवारी ने समन पर यह रिपोर्ट लिख भेजी थी कि मुलज़िम समन को लेने से इन्कार कर रहा है। उस लिखत का गवाह अँगूठा-छाप थेल को बनाया गया था। हल्का पटवारी से प्राप्त

रेपोर्ट पर गौर फरमाने के बाद निष्पक्ष, न्यायप्रिय हाकिम ने शतरू की बन्दूक को, अगला आदेश होने तक, जब्त करने का आदेश पारित कर दिया था। साथ ही शतरू की गिरफ्तारी के लिए ग़ैर-जमानती वारंट भी जारी कर दिया गया।

❐

बन्द कमरे के अन्दर श्रीधर प्रसाद अपने विश्वस्त सलाहकारों से मशविरा करने में व्यस्त हो गया है।

-उस बाघ को ख़त्म करना बहुत ज़रूरी है।

मशविरे के लिए ख़ास तौर पर बुलाए गये वहाँ पर मौजूद दूसरे मान्यवर लोगों को, उस बारे में कुछ भी कहने का मौका दिये बग़ैर, उस अति गम्भीर मसले पर बेवकूफ़ थेल बीच में ही बोल उठा।

-मेरे देखने में तो बाघ को ख़त्म करने की ताकत एक दुश्मन के अलावा और किसी में है नहीं, इस गाँव में या पट्टी भर में। पर तुम कह रहे हो दुश्मन के पास बन्दूक तो है ही नहीं अब?

श्रीधर प्रसाद को थेल का उस तरह बक-बक करना बेहद नागवार गुजरा। उसे ग़ुस्सा भी बहुत आ गया था। इसे किसने पूछा इस मामले में? इससे कौन राय ले रहा है? और किसी वक़्त की बात होती तो सेठ उसको तुरंत वहाँ से बाहर निकल जाने का हुक्म जारी कर देता। अपनी आदत के मुताबिक शायद उसपर एकाध हाथ या लात भी चला बैठता। लेकिन इस वक़्त एक थेल ही था, जो उसके सब काम कर रहा था। जो आतंक के उस माहौल में उसके और उसके परिवार के जीवन का संबल बना हुआ था। समय पलटा खाता है तो वह बहुत मामूली लोगों को इज़्ज़तदार बना देता है और सामर्थ्यवान, मान्यवर लोगों को धूल चटाने लगता है। मौके की नाजुक स्थिति को भाँपते हुए उसे अपना ग़ुस्सा पी जाना पड़ा। उसने अपने मन में सोचा—'कैसी बुरी घड़ी आयी है? उधर अपनी ज़ुबान से पटवारी से यह बात कहनी पड़ेगी कि शतरू को उसकी बन्दूक वापस कर दी जाय, जो आज ही सुबह जब्त की गयी थी। इधर इस मूरख थेल के मुँह से निकलने वाली उजबक बातें सुनना पड़ रही हैं। और सिर्फ़ सुनना नहीं पड़ रहा है, सुन कर उन्हें बर्दाश्त भी करना पड़ रहा है। मन मार कर चुप बैठना पड़ रहा है।'

दामोदरसिंह और दर्शनसिंह दोनों को भली भाँति अहसास हो गया था कि इस वक़्त सेठ कैसी नाजुक, दमघोंटू स्थिति में उलझ गया है।

दामोदर सिंह-(बेहद अफसोस में दोनों हाथों से एक जोरदार ताली बजाने के बाद, जैसी ताली कुछ लोग किसी दुश्मन का सर्वनाश हो जाने की मंशा प्रकट करने के बाद बजाते हैं) अब ज़रा सोचो! इस बाघ ने भी इतने लम्बे-चौड़े गाँव को छोड़ कर एक तुम्हारे ही आँगन में मार करनी थी सेठजी?

दर्शन सिंह - पहले मार, फिर महामार।

दामोदर सिंह - तुम्हारी बात पटवारी कभी टाल नहीं सकता साब सेठजी। तुम एक बार अपनी ज़ुबान खोल कर कह दोगे तो पटवारी शतरू को बुला कर उसकी बन्दूक उसके हवाले कर देगा। तुम्हारा रुतबा किस राजा से कम है?

दर्शनसिंह - तुम्हारे एक बार मुँह खोलने की देर होगी। और शतरू को बन्दूक मिल जायेगी तो वह बाघ बच कर कहीं जा नहीं सकता।

दामोदर सिंह - बाघ का सफ़ाया तो वह कर ही देगा।

दर्शनसिंह-तुम्हारे ही आँगन में हो जायेगी बाघ की छुट्टी।

❐

अपनी ज़ुबान से पटवारी से शतरू की बन्दूक लौटा देने की बात कहना! यही तो एक चीज़ थी, जो श्रीधर प्रसाद नहीं कर सकता था। जो वह नहीं करना चाहता था। वह अपने को अलग रख कर 'गाँव की रक्षा और भलाई के नाम पर' इन दोनों भरोसेमन्द लोगों को पटवारी के पास जाने का सुझाव देने की बात सोच रहा था। उसी काम के लिए, एक बार ज़मीन पर थूक दिये गये थूक को चाटने की विषम स्थिति से अपने आप को बचाए रखने के लिए, उसने उन दोनों को अपने घर पर बुलवाया था।

-मेरे ख़याल में मुझे अलग ही रहने दो। इस बारे में उससे तुम दोनों का कहना ही ठीक रहेगा।

ठीक उसी वक़्त ओबरे के भीतर से बकरी के दोनों मेमनों की कातर आवाज़ें सुनाई दीं। उनका बेवक़्त मिमियाना किसी भी तरह थमता नहीं लग रहा था और, पता नहीं क्यों, सेठ के मन में यह डर बैठने लगा था कि वे दोनों रात के मौके पर बाघ को उस घर में आने का आमंत्रण दे रहे हैं। अपशकुनी मेमने!

दामोदर सिंह- सेठजी, हम तो एक नहीं, हजार बार कहने को तैयार हैं। तुम जैसा कहोगे हम करेंगे। तुम्हारे कहने पर हम सब कुछ करने को तैयार हैं।

दर्शनसिंह-हम तो इस मामले में उसके पाँव पकड़ कर उन पर अपनी नाक तक रगड़ने को तैयार हो सकते हैं।

दामोदर सिंह- लेकिन तुम जानते ही हो वह भी अपने नाम का हीरालाल है।

दर्शनसिंह-एक दुर्लभ हीरा और बेशकीमती लाल।

दामोदर सिंह- मोतीलाल के जवाहर लाल के बाद अब वही तो एक महत्वपूर्ण लाल बाकी बचा है अपने इस भारत देश के अन्दर।

दर्शनसिंह- शतरू से बन्दूक हाथ में आते ही उसने पूरे काग़ज़ात तैयार कर लिये होंगे।

दामोदर सिंह- बन्दूक के जमा होते ही अपने सरकारी काग़ज़ात की बन्दूक की नाली के अन्दर उसने भी भर दी होगी ख़ूब ठोंक-ठोंक कर बारूद। ठसाठस।

दर्शनसिंह- वह भी कोई मामूली तोपची नहीं है सेठजी।

दामोदर सिंह-दूर से उड़ते हुए पंछी पर कर बैठता है फ़ायर। हवा में उड़ने वालों को ज़मीन पर गिरा देता है।

दर्शनसिंह-अब पता नहीं शतरू की बन्दूक वापस सौंपने में क्या हील-हवाली करेगा। किस-किस तरह की बहानेबाजी करने लगेगा।

दामोदर सिंह-बन्दूक लौटाने के लिए आसानी से तैयार हो भी जायेगा कि उल्टे हमीं पर फ़ायर करना शुरू कर देगा। ठाँय। ठाँय। क्या मालूम?

दर्शनसिंह-और बहुत ख़ुशामद खाकर किसी तरह राजी भी होगा तो पहले कई काग़ज़ों पर दसखत करवायेगा तुमसे।

दामोदर सिंह- नयी लिखापढ़ी किये बग़ैर बन्दूक लौटा देने वाला शख़्श नहीं है पटवारी।

दर्शनसिंह-तुम तो ख़ूब जानते हो यह बात। हमसे ज़्यादा वाकिफ हो उसकी रग-रग से। उसके बारे में तुम्हें हम लोग क्या बता सकते हैं?

दामोदर-पहले ख़ुशामद खाएगा।

दर्शनसिंह-फिर सर को ज़मीन पर झुका देने के बाद और कानों को दोनों हथेलियों से ढक कर, अपनी लपलपाती जीभ को बाहर निकालते हुए कहने लगेगा-मेरी नौकरी ख़त्म मत करवाओ भले लोगों। मेरे बाल-बच्चे भूखों मर जायेंगे।

दामोदर सिंह-मुँहमाँगी चुंगी! जिसकी कोई लिखापढ़ी नहीं की जाती।

दर्शनसिंह-चुंगी नहीं, दक्षिणा। तब आख़ीर में करेगा लिखा-पढ़ी और करवायेगा तुम्हारे-हमारे दस्तखत पता नहीं कितने-कितने और किस-किस तरह के सफेद-मटमैले, छोटे-बड़े, उल्टे-सीधे काग़ज़ात पर।

दामोदर सिंह-गाय की मड़ी तुम्हारे घर से इतना नज़दीक न होती तो इस मामले में हमें कोई मतलब ही नहीं होता। गाँव वाले जायें चूल्हे-भाड़ में। कोई अपने को जैसे चाहे बचा ले।

दर्शनसिंह-कोई बचाए, न बचाए। हमें मतलब? हमने गाँव भर की रक्षा का कोई ठेका नहीं लिया है।

बहुत गम्भीर विचार विमर्श के उपरान्त देर रात में यह निर्णय ले लिया गया कि कल सुबह रात खुलते ही वे तीनों पटवारी के पास जाकर उससे प्रार्थना करेंगे कि शतरू की बन्दूक उसे लौटा दी जाय।

❐

शान्ति बुढ़िया की भोली गाय के मारे जाने के बाद की वह पहली रात श्रीधर प्रसाद ने बाघ के आतंक और शतरू की बन्दूक को जब्त किये जाने की अर्जी से उपज रहे कँटीले नतीजों की पीड़ा के डर के बारे में सोचते-सोचते बिता दी। लेकिन उस कमरे में बाकी सभा लोगों को उसने चैन की नींद सोते हुए पाया। एक बार बिस्तर पकड़ लेने के बाद,

रात में एक पल के लिए भी, किसी की नींद नहीं टूटी। कोई करवट तक बदलता नहीं दिखाई दे रहा था। थेल भी फसोर कर सोता रहा, जिसे कि उस रात सेठ के परिवार की हिफ़ाजत करते रहने के लिहाज़ से उस घर में रोक लिया गया था। कमरे से बाहर जाने की सख्त मनाही कर दिये जाने के बाद रात में अचानक हगने-मूतने की समस्या पैदा हो जाने की चिन्ता से आतंकित हो उठे उसके दोनों बेटों में किसी की भी बीच में नींद नहीं टूटी। उन सब को उस तरह सोता देख श्रीधर प्रसाद को ऐसा लग रहा था कि जैसे बाघ के अचानक प्रकट हो जाने का खौफ़ उसके अलावा और किसी को महसूस नहीं हो रहा है। उसे अपनी ओर से बेवजह की गयी अदालती कार्रवाही पर और उसकी सफलता के लिए किये गये फिजूल के शाही खर्चों की याद करने पर अपने ऊपर बेहद पश्चाताप और अफसोस भी होने लगा था।

उस रात बोतलों और खाने-पीने की दूसरी कीमती-कीमती चीज़ों को खरीदने के नाम पर चपरासी परमा उससे जो हरी-हरी छाल के नोट माँग-माँग कर ले जाता रहता था, उनके खर्चे का बाजार से लौट कर वह कोई हिसाब तक नहीं बताता था। बचा हुआ पैसा वापस करना तो बहुत दूर की बात। उस घने अंधकार में प्रकट हो रही मद्धम रोशनी के सहारे परमा के हाथ में पकड़ाई जा रही रकमों से, बैठक के भीतर बैठ कर गुलछर्रे उड़ा रहे हाकिम को या वकील साहब को, कोई सरोकार ही नहीं रहता था। जानकारी भी नहीं। परमा हर बार बैठक के द्वार के एक कोने के पास आ कर धीरे-से सनका कर उसे बाहर बुला ले जाता। और बाहर, साहब के सुनाई पड़ने की सीमा से थोड़ी दूरी पर पहुँचते ही -कुछ रुपये और लगेंगे साब सेठजी! ऐसी दमघोंटू संगत में वह ज़िन्दगी में पहली बार पड़ा था, जिसमें उसकी कोई कद्र नहीं रह गयी थी। उस बैठक के भीतर पहुँच कर वह बेमतलब हो चुका था। सकपकाया हुआ एक कोने में दुबका बैठा था। उनके हिसाब से सेठ को अपने सामने बैठने का मौका दे कर वे उसपर एक बहुत बड़ी कृपा कर रहे थे। वे दोनों आपस में हँसते-बोलते जा रहे थे। इधर-उधर की बातें, जिनमें से सेठ की समझ में कुछ भी नहीं आ रहा था। वे ज़्यादातर अंग्रेजी मिश्रित हिंदी में बातें कर रहे थे। सेठ से कुछ पूछा ही नहीं जा रहा था। उसकी ओर हेर तक नहीं रहे थे। उसे अपने मन में ऐसा लग रहा था कि अपने माहौल से बाहर आ कर वह वहाँ अपना पूरा मान-सम्मान खो चुका है। उस बारे में, अपनी वैसी दयनीय स्थिति के बारे में, और किसी को बताया भी नहीं जा सकता था। न अपने को, न पराए को। जिससे भी बयान किया जायेगा, वह उल्टा मज़ाक उड़ाने लगेगा। अपने गाँव या इलाके में तो वह कभी किसी के घर पर वैसे भी कहीं हुक्का-तंबाकू, चाय-पानी पीने या गप-शप लड़ाने नहीं जाता। किसी के दुःख-सुख में अपासदारी निभाने का कोई सवाल ही नहीं उठता। आफत में फँस जाने वाले ज़रूरतमन्द ख़ुद ही चले आते हैं उसके पास और बेबसी में उसकी ड्यौढ़ी पर माथा पीटने लगते हैं। इस गाँव-बस्ती में ऐसा और कौन किसान, कारोबारी या रहवासी है, जिसकी ऐसी हैसियत हो कि श्रीध

र प्रसाद कभी पाँच मिनट के लिए भी उसके घर पर चला जाय? और वहाँ जाकर बैठना तो दूर की बात, उसके आँगन में खड़ा हो कर अपनी चरण-रज से उस घर को पवित्र कर सके?

❐

श्रीधर प्रसाद को लगा कि बाघ ने शान्ति बुढ़िया की गाय पर नहीं, सीधे-सीधे उसी के ऊपर हमला बोल दिया है। इस मौके पर यह दुष्ट बाघ उसे सताने और उसके बैरी की मदद करने आ पहुँचा है उसके आँगन में। ऐन मौके पर अचानक आ पहुँचा वह शतरू की मदद करने। उसके आँगन के पास वारदात कर बाघ ने पूरे ताने-बाने में ही उलट फेर कर दिया है। उसने तो जश्न मनाने के लिए दो कोमल मेमने मँगवा लिये थे, जिनकी कुल बोटियों को कच्चा ही चबाया जा सकता है। पर बाघ के हमले ने पूरा हिसाब-किताब गड़बड़ा दिया है। बाघ में और तोपची में वैसे भी कोई ज़्यादा फर्क नहीं होता। इस वक़्त वे दोनों, एक बाघ और एक तोपची, अपना बैर भाव भूल कर, मिल-जुल कर उसपर हमला करने लगे हैं। साझा हमला। उस तीन कौड़ी के बैरी पर साधा गया उसका अचूक निशाना पूरी तरह डगमगा गया है। सब कुछ गड़बड़ा गया है। घोड़े को दबाते वक़्त हाथ में कस कर थामी हुई उसकी बन्दूक अचानक हिल गयी है और नाल की दिशा उल्टी हो गयी है। जिस बैरी पर निशाना साधा गया था वह साफ़ बच निकला है और अब इस बात का संगीन खतरा पैदा हो गया है कि अपनी तानी हुई बन्दूक से निकलने वाली गोली कहीं ख़ुद अपने ही ऊपर वार न कर बैठे।

❐

उस रात चिन्ता और आतंक के मारे सोने के नाम पर, नींद के आ जाने के नाम पर उसकी ऊपर-नीचे की पलकें कभी एक बार भी आपस में मिल नहीं पाईं। अपने बारामदे से बाहर खेत में अंधेरा घना होने से पहले उसने आख़िरी बार मारी गयी गाय की मड़ी को देखा था। मड़ी का और मड़ी के इर्द-गिर्द गहराती धुंध में पैदा हो रहे वातावरण का वह ख़ौफ़नाक रूप उसके अन्तर की गहराइयों में भर गया था। वह अत्यंत भयभीत हो गया था और अपने मन के अन्दर रात भर खेत के एक कोने पर पड़ी हुई उसी मड़ी की याद करता रह गया।

उसे नींद नहीं आयी। एक पल के लिए भी नहीं। उसकी आँखें मुँद ही नहीं रही थीं।

नींद नहीं आयी तो कोई सपने भी नहीं आये।

लेकिन उसका दिल घबराने लगा। बहुत बुरी तरह घबराने लगा। उसके मन के अन्दर बहुत बुरे-बुरे, अनबन भाँति के, डरावने-डरावने किस्म के विचार भरने लगे थे। आने वाले समय की अवश्यम्भावी घटनाओं की काली, भुतहा परछाइयाँ। अजीब-अजीब किस्म की ज़िन्दा, हिलती-डुलती शक्लें।

बाघ वहाँ पर पहुँच गया है। अपनी मड़ी पर।

वह मड़ी को सूँघने लगा है।

लेकिन सूँघने के बाद वह मड़ी को हिलाना, छेड़ना तो दूर, छू तक नहीं रहा है।

मड़ी को वहीं पर, वैसी ही हालत में छोड़ कर बाघ ने अपना सर ऊपर की ओर उठाया। अपनी चमकती हुई आँखों से उसने एक बार सेठ श्रीधर प्रसाद के घर की दिशा में ताका। उसकी उस अकेली नज़र से लगा कि उस विकराल बाघ ने एक गोली की मार कर दी है। और··· और··· और तब गुस्साए हुए बाघ ने··· अत्यन्त बलवान, ख़ौफ़नाक बाघ ने पूरी चपलता के साथ आँगन की ओर छलाँग लगा दी है। वह उसके घर की ओर लपकता आ रहा है।

आहा! यही दृश्य सपने में दिखाई दिया होता तो उसे देखते ही उसकी नींद टूट गयी होती। और सपने में दिखायी देने वाली यह घटना आयी-गयी हो जाती। तब उसे कैसा सुकून मिल गया होता? लेकिन इस वक़्त वह किसी सपने की दुनिया में विचरण नहीं कर रहा है। वह जीवन को छलावा, भुलावा देने वाले, क्षणभंगुर सपने के कोई दृश्य नहीं देख रहा है। उसका मुकाबला जीवन की ठोस हकीकतों से होने लगा है। कठोर, अमिट, डरावनी वास्तविक़्ताओं की भुतहा परछाइयाँ उसके सामने नृत्य करने लगी हैं। उन सबसे ध्यान हटा कर वह आँखें बन्द करना चाहता है ताकि किसी तरह उनके खौफ़ को भुलाया जा सके। लेकिन आँखें मुँद ही नहीं रही हैं। पूरी कोशिश करने पर भी नहीं मुँद रही हैं। उसे यह सब कुछ खुली आँखों से दिखाई दे रहा है। उसे यह सब कुछ फैली हुई आँखों से देखना पड़ रहा है। एक भयानक, काली परछाईं ने उसकी पूरी देह के ऊपर फैल कर उसे अपनी गिरफ़्त में ले लिया है। एक अनहोनी उसे लील जाने को है।

भयानक संकट की इस घड़ी में, बाघ की इस आख़िरी छलाँग के बाद इस बस्ती के अन्दर अब ऐसा कोई बलवान, अपनी जान पर खेल जाने वाला, बहुत मोटे कलेजे का बहादुर शख्स मौजूद नहीं, जिसके अन्दर उस अनहोनी से उसकी रक्षा करने की क्षमता मौजूद हो।

इस नाजुक मौके पर अब उसकी रक्षा अगर कोई कर सकता है तो सिर्फ़ शतरू कर सकता है।

सिर्फ़ शतरू।

शतरू, जिसे दुश्मन भी कहा जाता है।

मुझे बचा ले शतरू! मैं तेरी शरण में हूँ। शरणागत की रक्षा कर।

❐

उस डरावनी रात के खुलते ही श्रीधर प्रसाद अपने साथ दामोदरसिंह और दर्शनसिंह को ले कर पटवारी चौकी पर जा पहुँचा। जो कुछ होगा आज होगा। आज की रात बाघ अपनी मड़ी पर आयेगा। उसके वहाँ पहुँचने से पहले शतरू को मौके पर मौजूद रहना चाहिए। अपनी बन्दूक के साथ, पूरी तैयारी के साथ, उसे वहाँ पर होना चाहिए।

❒

आँगन से बाहर की ओर जाने की तैयारी कर रहे हीरालाल ने उन्हें अपनी बैठक के कमरे में ले जा कर आदरपूर्वक बैठाया।

- और सेठजी! कुशल मंगल?

- कुशल मंगल नहीं पटवारीजी। अ-कुशल, अ-मंगल।

उतना सुन लेने के बाद हीरालाल - 'तुम लोग ज़रा बैठो। मैं अभी हाज़िर हुआ' कहते हुए लोटा उठा कर जंगल की ओर निकल गया। घर से बाहर जाते हुए उसने आँगन से अपने चपरासी को आवाज़ दी।

- बड़े लोगों के लिए चाय का पानी चढ़ा दे चूल्हे पर।

❒

हीरालाल ने हाथ जोड़ लिये।

- सेठजी! और जो भी हुकम करो उसे बजाने को मैं तैयार हूँ। पर ऐसा हुकम मत दो, जिसे पूरा करना मेरे वश में नहीं। तुम ख़ुद ही सोच लो, तुम्हारी कोई बात मैंने टाली है आज तक?

- पण्डितजी! हुक्म आप देते हैं और हम बजाने वाले हैं। हम तो आपके पास फ़रियाद करने आये हैं। इस वक़्त पूरे गाँव की रक्षा करने का भार आपके ही ऊपर है। बाघ का सफ़ाया करने के लिए जो कुछ भी करना ज़रूरी है वह आप को करना ही होगा।

- बन्दूक तो मैं किसी हालत में नहीं लौटा सकता सेठजी। बन्दूक के अलावा किसी और चीज़ की बात करो। जो हुकम करोगे उसे पूरा करूँगा।

- इस वक़्त बन्दूक के अलावा और किसी चीज़ के बारे में कोई बात हो ही नहीं सकती। हथियार के बग़ैर बाघ कैसे मारा जा सकता है साब पटवारीजी? लाठी के सहारे तो हमारे लोगों में किसी ने आज तक तो कहीं मारा नहीं कोई बाघ। कम-से-कम हमने तो नहीं सुना ऐसा कोई किस्सा। हमारे पुरखों ने भी नहीं सुना होगा।

- यह सब कुछ तुम्हारे कहने के मुताबिक हुआ है सेठजी। जो कुछ हो रहा है तुम्हारी आज्ञा के अनुसार हो रहा है। इस मामले का तो श्रीगणेश ही तुमने किया है। तुमसे और इन श्रीमान लोगों से कोई बात छुपी नहीं है। जैसा-जैसा तुम हुकम देते रहे, अपना हाथ काट-काट कर मैं वैसी-वैसी लिखापढ़ी करता रहा। तुम्हारे मन की बात को पूरा करने के लिए, तुम्हारी नाक को ऊपर रखन के लिए मैंने अपनी नौकरी तक को जोखिम में डाल दिया। अपने गले में ख़ुद ही फंदा डाल कर मैंने समन पर यों ही रिपोर्ट लिख दी कि मुलज़िम समन को लेने से इनकार कर रहा है। शतरू को कोई ख़बर ही नहीं लगने दी इस मामले के बारे में। मैंने किसी चीज़ की कोई परवाह नहीं की। बोलो, मैं ग़लत कह रहा हूँ? लेकिन अब तो बात मेरे हाथ से बाहर निकल गयी

है। डण्डे से उछाली गयी गुल्ली कहीं बहुत दूर जा चुकी है। बहुत घने जंगल में पहुँच कर वह कहीं खो गयी है।

दामोदरसिंह - यह आपतकाल है पटवारीजी।

दर्शनसिंह - इस मौके पर इलाके की जनता की रक्षा करने का पूरा भार सिर्फ़ आपके ऊपर है।

श्रीधर प्रसाद - इस वक़्त आप उसकी बन्दूक नहीं लौटायेंगे तो बेबस हो उठी निर्बल, बेसहारा जनता में हाहाकार मच जायेगा।

उन सब की बातों को सुन लेने के बाद पटवारी ने उनके सामने अपनी गर्दन झुका कर अपनी आँखें मूँद लीं और दोनों खुली, चौड़ी हथेलियाँ अपने दोनों कानों पर टिका दीं।

- ऐसा जुलुम मत करो सेठजी! मुझसे मेरे इस्तीफे के काग़ज़ पर दसखत मत करवाओ।

हीरालाल सेठ की बात मानने को हरगिज़ तैयार नहीं हो रहा था। किसी भी क़ीमत पर नहीं। तब मौके की नजाकत को पहचानते हुए श्रीधर प्रसाद ने अपने मुँह से वह बात भी कबूल कर दी, जोकि पटवारी उससे उगलवाना चाहता था।

- हे साहब! जो थोड़ा बहुत कोर्ट में वकील, पेशकार, चपरासी वग़ैरह की या, मौका आ जाने पर, आपके हुकम के अनुसार, ख़ुद साहब की सेवा-पानी भी करनी पड़ेगी वह भी कर दी जायेगी। सेवा-पानी करते रहने के लिए हम लोग आपके साथ हैं न।

- डिप्टी साहब को पता लगेगा कि मैंने जब्त कर दी गयी बन्दूक शतरू को वापस कर दी है तो मेरी नौकरी पर कलम नहीं चलेगी सेठजी, कुल्हाड़े की मार कर दी जायेगी। कुल्हाड़े की उस चोट से चटक कर मैं पता नहीं किस गहरे गड्ढे में जा गिरूँगा। और तब सेठजी! दिन के उजाले के कायम रहते-रहते आपके पड़ोस में घास चरती बेबस गाय पर हमला कर उसे मार गिराने वाला वह दुष्ट बाघ मरे न मरे, मेरे बेकसूर, मासूम बच्चे भूखों मरने लगेंगे।

ख़ूब मोटी रकम के सहारे सौदा पट जाने के बाद हीरालाल ने अपनी आख़िरी बात कही।

- हम लोग यहाँ बैठ कर तस्बिया करना चाहते हैं। पर तुम लोगों ने इस बात पर भी सोचा कि इस मामले में हम होते कौन हैं कोई फैसला करने वाले? उससे भी तो पूछ लेना पड़ेगा जिससे हथियार जब्त किया गया है?

पटवारी को वैसा कहते सुन श्रीधर प्रसाद ने दर्शन सिंह की ओर देखा।

- मेरे ख़याल में तुम ले आओ उस शतरू को यहाँ बुला कर। उससे ऐसा कहना कि तुझे पटवारीजी बुला रहे हैं।

लेकिन पटवारी ने उसकी बात काट दी।

- वह ज़िन्दा, हमलावर बाघों का मुकाबला करने वाला तोपची है सेठजी। जानता है कि इस वक़्ता उसकी सुध क्यों ली जा रही है, खोज-ख़बर क्यों की जा रही है।

- हाँ पटवारीजी, हमारी मौजूदगी में उसे अपनी ज़ुबान से ऐसा भी कह देना कि तेरी मुँहमाँगी दिहाड़ी भी दे देंगे। इनाम-किताब, जो भी तुम ठीक समझो, उसका भी वायदा कर लेना। आपके वचन की रक्षा की जायेगी। पूरी बात समझा देना उसे।

- मेरे समझाने की कोई ज़रूरत ही नहीं पड़ेगी पण्डितजी। लेकिन अब दर्शन सिंह को उसके पास भेजने से काम नहीं चलने वाला है।

- तो और किसको भेजा जाय?

- और किसी को नहीं भेजा जा सकता।

- तो फिर?

- अब तुम्हें ख़ुद ही जाना पड़ेगा सेठजी, उसके घर।

- मु उ उ...झे...ए ए ए ? मैं...ऐं...और उस ऽ ऽ के...घ...र...? मैं...ऐं...श ...त...रू...के घर पटवारी ई ई जी?

- हाँ सेठजी।

- मैं कभी जाता हूँ किसी के घर? तुम्हारी चौकी के अलावा मैं आज तक कभी गया किसी के घर? अपने घर के अलावा और किसी के घर पर तुमने मुझे कहीं आते देखा, जाते सुना?

- हाँ सेठजी। तुम कहीं नहीं जाते। मैंने आज तक तुम्हें न कहीं आते देखा, न जाते सुना। पर आज जाना पड़ेगा। लोग तुम्हारे पिताजी को ऐंठा सेठ कहते थे न? मुझे लग रहा है कि आज ऐंठा सेठ के बेटे का, घुटने के ऊपर घुटना रख कर, अपनी ऊँची, खुली तिवारी में बिछे तख़्त पर ही लगातार जमे रहने का वह कट्टर नियम टूटने के कगार पर आ गया है। आज अपना नियम भंग कर तुम्हें निकलना ही पड़ेगा लक्ष्मण-रेखा की अपनी केर से बाहर।

- यह कैसे होगा पटवारीजी?

- यह ऐसे होगा सेठजी, कि यह आपातकाल है। और आपातकाल में कोई मर्यादा नहीं रह जाती। ऐसा समझ लो कि इस वक़्त हमें बघ्वा लग गया है।

दर्शन सिंह - मैं भी ऐसा ही समझ रहा हूँ। इस वक़्त हम सब लोग बघ्वा के वश में हैं। पूरी तरह बेबस हो चुके हैं।

हीरालाल - बुरा समय तो राजा-बादशाहों तक को हिला कर रख देता है सेठजी। उनके सिंहासनों को डावाँडोल कर देता है।

दर्शन सिंह - बिलकुल ठीक कह रहे हैं पटवारीजी।

हीरालाल - मुझे पाँच लाख प्रजा के मालिक, इतनी बड़ी रियासत के हमारे महाराजा बहादुर नरेन्द्रशाहजी की याद आ रही है। जनवरी सन् उन्नीस सौ अड़तालीस में अपनी शाही मर्यादा को तोड़ कर, चालीस मील की दूरी पर बसी राजधानी नरेन्द्रनगर से, रात के अँधियारे में ऊबड़-खाबड़, कच्ची, सँकरी सड़क पर, किसी ड्राइवर या सेवक तक को साथ लिये बग़ैर, अपने हाथ से कार चलाते हुए महाराजा को ख़ुद ही चले आना पड़ा था

टिहरी शहर पर कब्ज़ा कर रहे प्रजामंडली बाग़ियों के बीच। उन्हें अपनी हुकूमत को थामे रहने की आस और लालसा थी।

दर्शन सिंह - पटवारीजी! राजा ख़ुद टिहरी न आता तो और क्या करता, जब रियासती फ़ौज के कमाण्डर ने राजधानी नरेन्द्रनगर में बैठे महाराजा को टिहरी से फ़ोन पर यह बात बता दी थी कि प्रजामंडलियों पर वह गोलियाँ नहीं चलवा सकता?

हीरालाल - वही बात कह रहा हूँ। राजा के हुक्म का उल्लंघन करते हुए कमाण्डर ने बागियों के सामने आकाश की ओर हाथ खड़े कर ख़ुद ही आत्मसमर्पण कर दिया था। रियासती फ़ौज के सर्वोच्च सेनापति को प्रजामंडल के निहत्थे, नंगे पाँव चल रहे कार्यकर्ताओं ने बन्दी बना लिया था। कुछ ही घण्टे बाद टिहरी आ लगे महाराजा को बाग़ी पहरेदारों ने भागीरथी पुल पर ही रोक दिया था। शहर में नहीं घुसने दिया था। बोलो, ग़लत कह रहा हूँ?

दामोदरसिंह - सच कह रहे हैं पटवारीजी। इस वाकये को बीते बरसों हो गये हैं लेकिन ऐसा लग रहा है जैसे यह अभी बीते कल की बात हो।

हीरालाल - और याद करो सेठजी ! जनवरी माह के भयंकर, जोड़-जोड़ को ठिठुरा देने वाले जाड़े की उस रात अपने ही शहर में प्रवेश करने से रोक दिये जाने के बाद अपने ही राजमहल के द्वार से धकियाये गये महाराजा-महारानी को बेबस हो कर पट्टी अठूर के जोगियाणा गाँव के एक मामूली किसान कृपालसिंह सजवाण के घर पर शरण लेनी पड़ी थी? समय बलवान होता है सेठजी, तुम और हम किस खेत की मूली हैं। जब पड़ती है गर्दिश की फेर, मकड़ी के जाल में फँस जाता है शेर।

पटवारी की बातें सुनते हुए श्रीधर प्रसाद मूड़ी हिलाता रहा। ठुक-ठुक कर हिलती उसकी गर्दन बता रही थी कि उसे रियासती आज़ादी की रात की वह घटना ख़ूब अच्छी तरह याद है। उस ऐतिहासिक घटना के बारे में हीरालाल जो बोल रहा है, सच बोल रहा है। उस घटना की बात सुन कर और उतने बड़े महाराजा की याद दिलाए जाने के बाद वह अपनी हेकड़ी भूल गया।

कुछ देर तक वहाँ बैठे कुल लोगों के बीच गम्भीर, मुर्दैनी शान्ति छा गयी। तब हीरालाल ने दोनों हाथों से अपना सर पकड़ लिया और अफसोस के जैसे स्वर में अपनी बात जारी की।

- हम दोनों को जाना पड़ेगा आज शतरू के घर पर। तुम्हें भी और मुझे भी। और इसके बाद, अब से आगे जो कुछ भी किया जाना है सिर्फ़ उसकी मौजूदगी में किया जा सकता है। यह हमारा अपनी मर्ज़ी का फैसला नहीं है सेठजी, यह उस दुष्ट बाघ का लादा हुआ फैसला है हमारे ऊपर। बाघ ने शान्ति बुढ़िया की गाय पर छलाँग नहीं लगाई, उसने हम सबकी मान-मर्यादा को दबोच कर रख दिया है। मैंने कहा न, यह आपातकाल है।

श्रीधर प्रसाद के दिमाग़ में उथल-पुथल मचने लगी थी। वह पटवारी की कही बातों से पैदा हो रही अजीबो-गरीब परिस्थितियों और उनके नतीजों पर विचार करने लगा था। उसके मुँह से अब किसी तरह की आवाज़ नहीं निकल पा रही थी। उसे बघ्वा लग गया था।

ख़ामोशी के उस वातावरण को तोड़ते हुए पट्टी के हाकिम हीरालाल पटवारी ने अपनी बात आगे बढ़ाई।

- यह बात पक्की समझ लो पण्डितजी, कि इस मामले में उस शतरू की रज़ामन्दी के बग़ैर आगे का कोई भी फैसला नहीं हो पायेगा। हमें जाना ही पड़ेगा उसके पास। इस वक़्त उसकी भरवा, दुनाली बन्दूक हम दोनों पर तन गयी है। उसके सीधे निशाने पर आ गये हैं हम दोनों। तुम भी और मैं भी। इस वक़्त उसके लिए जाल बिछाने वाले हम दोनों ख़ुद ही फँस गये हैं एक शिकारी की फाँस में। इस मौके पर यह दुष्ट बाघ उसका असली मददगार बन कर चला आया है।

❐

गाँव भर में अपने आप यह ख़बर आग की तरह फैलने लगी थी कि सेठ श्रीधर प्रसाद शतरू की बन्दूक उसे वापस कर देने के लिए पटवारी को मनाने लगा है, उसकी ख़ुशामदें कर रहा है। और कि पटवारी वैसा करने को तैयार नहीं हो रहा है। लोगों में यह चिन्ता फैलने लगी थी कि अगर बन्दूक आज ही नहीं लौटायी जाती तो फिर उस बाघ को मारना बहुत मुश्किल हो जायेगा। मारा नहीं जा सका और ज़िन्दा रह गया तो वह किसी पर भी, और कहीं भी हमला करने लगेगा। जंगल में, बस्ती में। गाँव में जगह-जगह पर जमा हुए लोग आपस में तरह-तरह की बातें करने लगे थे।

सीताराम - सूबेदार साहब चाहें तो वे भी तो दे सकते हैं अपनी बन्दूक शतरू को?

बख़्तावर - सूबेदार साहब ख़ुद भी तोपची हैं। वे क्यों देंगे किसी दूसरे को अपनी बन्दूक?

बादरसिंह - सूबेदार साहब कह रहे हैं वे ख़ुद भी जाना चाहते हैं उस बाघ का शिकार करने।

गंगासिंह - सूबेदार साहब ख़ुद भी तैयारी करने लगे है बाघ का शिकार करने की।

दिनेश - सूबेदार साहब ने अभी, थोड़ी देर पहले, अपने कपड़े भी भेज दिये हैं कलमू दरजी के पास।

गणेश - दरजी के पास कपड़े? सिलवाने के लिए?

दिनेश - सिलने-सिलवाने के लिए नहीं, इस्त्री करवाने के लिए। इस्त्री तो और किसी के पास है नहीं गाँव भर में। सूबेदार साहब के पास भी नहीं है।

रामचन्द्रसिंह - कैसे कपड़े?

दिनेश - पुलिस की वर्दी के कपड़े। बंगाल आर्म पुलिस की वर्दी के कपड़े, जिन्हें पहन कर, वे ख़ुद ही कहते हैं -मैं कलकत्ते में कम्युनिस्टों को शूट करता रहता था। खाकी

कमीज और खाकी पैन्ट।

गणेश - उन कपड़ों का क्या करेंगे सूबेदार साहब?

दिनेश - उसी वर्दी को पहन कर जायेंगे कि सूबेदार साहब बाघ को शूट करने।

बादरसिंह - और सर पर टोप भी रहेगा।

गंगासिंह - खाकी टोप।

बेदू - सूबेदार साहब को उस वर्दी में देखते ही डर जायेगा बाघ। थर-थर काँपने लगेगा बेचारा। किसकी मड़ी, किसका माँस? जान बचाने को भाग खड़ा होगा अपनी क़ीमती मड़ी को सूबेदार साहब के हवाले छोड़ कर।

बख़्तावर - बेदू! तू इस तरह के मज़ाक मत किया कर बेदू।

❐

पटवारी और श्रीधर प्रसाद, दामोदर सिंह और दर्शनसिंह। हाथ में बन्दूक उठाये पटवारी का चपरासी बचनसिंह और गाँव का पुश्तैनी सयाणा दिगम्बर सिंह। नेगियों की बस्ती से आगे ये तमाम लोग कण्डारा की बेहद सँकरी बटिया की चढ़ाई पर एक-के-पीछे-एक जाते हुए दिखाई दे रहे हैं। दिगम्बर सिंह को हीरालाल ने उसके घर से बुलवा लिया था। पटवारी को मालूम है कि शतरू दिगम्बर सिंह की किसी बात को नहीं टाल सकता। उसे देख कर, उसके कहने पर, उसकी मौजूदगी के कारण मन के अन्दर पहले से कोई ग़ुस्सा भी होगा तो शतरू उसे पी जायेगा। गाँव के लोग उन सबको एक साथ उस ओर जाते देख रहे हैं। जैसे कुछ भले लोग किसी घर में कोई नया रिश्ता तय करने जा रहे हों। उनके साथ चल रहे चपरासी बचन सिंह के हाथ में बन्दूक को देख कर और सुबह से अब तक सुनी हुई बातों, अफवाहों के आधार पर लोग किसी और के बताए बग़ैर सब कुछ ख़ुद ही समझने लगे हैं। कल शाम को मौके पर, गाय के मार दिये जाने के फ़ौरन बाद, नेगियों की बस्ती के पास, बच्चों के कबड्डी और गुल्ली डण्डे के खेल थम गये थे। किसी के बग़ैर कहे एक बालक शंकर दौड़ पड़ा था चढ़ाई की उस बटिया पर शतरू को बुला लाने। इस वक़्त गाँव के निवासी बहुत गौर से देख रहे हैं कि उनकी बस्ती के छँटे हुए, नामी गिरामी लोग अपने मज़बूर पाँवों से उस चढ़ाई पर चलते हुए दुश्मन के घर की ओर बढते जा़ रहे हैं। इस राह पर चलने वाला और कहीं नहीं जा सकता।

यह बटिया सिर्फ़ दुश्मन के घर की ओर जाती है।

पहाड़ की चोटी को पार कर लेने के बाद दूसरी ओर बसे हुए घर के भीतर।

दुश्मन अपने घर पर मौजूद था।

❐

श्रीधर प्रसाद। शतरू के घर पर। झेंपता हुआ सेठ। जैसे दाँत और नख के तोड़ दिये जाने के बाद कोई बाघ पालतू बना लिया गया हो, जो कुत्ते की तरह अपनी दुम हिलाने लगे।

'तीन कौड़ी के' शतरू के घर में कोई ऐसा कायदे का आसन भी नहीं था, जिस पर सेठों के सेठ श्रीधर प्रसाद को बैठाया जा सकता। आँगन में खड़े, घर पर पधारे मान्यवर मेहमानों से दुश्मन ने अपने सोने के कमरे में चलने का आग्रह किया। वह उन सब को आदरपूर्वक अपनी खटिया पर बैठाने की सोच रहा था। लेकिन पटवारी और उसके साथ आये वे सभी लोग मकान के आँगन में पहुँच कर ख़ुद ही दीवार के सर्द पत्थरों के ऊपर जम गये। उस पश्चिम-मुखी घर के आँगन में आधा दिन बीत जाने के बाद भी अभी तक सूरज की किरणों की आमद नहीं हो पाई थी।

बात दिगम्बर सिंह ने शुरू की।

- बेटा शतरू! हम सब लोग आज अपने मतलब से तेरे पास आये हैं। आज अशक्त गाँव को तेरी मदद की बहुत सख्त ज़रूरत पड़ गयी है। गाँव बस्ती की रक्षा का भार तेरे ऊपर आ पड़ा है। इस वक़्त सबकी नज़रें लगी हैं तुझ पर।

शतरू - मेरे हाथ का जो काम होगा वह मैं कर दूँगा दादा। आप हुकम करो मुझे क्या करना है।

दिगम्बर सिंह - हम लोग ऐसा ही सोच कर तेरे पास आये हैं।

शतरू - गाँव के ताकतवर लोगों को पहले शान्ति दादी के पास जाना चाहिए।

दामोदर सिंह - उसके पास जाकर क्या करेंगे हम लोग? वह क्या कर सकती है अब?

शतरू - वह कुछ नहीं कर सकती। पर गाँव को तो कुछ करना चाहिए?

दर्शन सिंह - गाँव की ओर से कोशिश करने के लिए हम इलाके के माने हुए तोपची की शरण में आये हैं।

शतरू - तोपची अपनी गोली से किसी की जान ले सकता है।

दामोदर सिंह - यही सोच कर तोपची के पास आये हैं।

शतरू - शान्ति दादी को मारना नहीं है, उसे ज़िन्दा रखना ज़रूरी है।

दर्शन सिंह - उसे कोई नहीं मार रहा है।

शतरू - बाघ ने तो मार ही दिया है उसे।

दामोदर सिंह - इसीलिये अब उस बाघ को ख़त्म करना ज़रूरी है।

शतरू - बाघ के ज़िन्दा रहने से या ख़त्म कर दिये जाने से उस दादी की ज़िन्दगी पर अब कोई फर्क नहीं पड़ेगा।

दर्शन सिंह - गाँव की ज़िन्दगी पर तो पड़ेगा?

शतरू - मैं बात शान्ति दादी की ज़िन्दगी की कर रहा हूँ।

दामोदर सिंह - गाँव ज़िन्दा रहेगा तो वह भी ज़िन्दा रहेगी।

शतरू - वह बेसहारा हो चुकी है। उसे गाँव की संगत के अलावा भी तो कुछ चाहिए। बाघ का असली हमला उसकी रोटी पर हुआ है।

दर्शन सिंह - हमसे जो बन सकेगा, किया जायेगा।

शतरू - हमें बाघ को मारना है शान्ति दादी को नहीं। उसका पेट सिर्फ़ एक गाय पाल सकती है।

दिगम्बर सिंह - तुम कायदे की बात कह रहे हो। यह बात मानी जा सकती है। क्यों सेठजी?

उस घर पर पहली बार श्रीधर प्रसाद ने अपना मुँह खोला।

- मंजूर है।

उसके बाद पटवारी हीरालाल ने अपने चपरासी बचन सिंह की ओर इशारा किया—शतरू भाई की बन्दूक उसके पास बुझा दे।

शतरू ने हाथ जोड़ लिये।

- ऐसा मत करो पटवारीजी! अदालत के हुक्म से एक बार जब्त कर दी गयी बन्दूक को अपने पास रख लेने पर मैं पकड़ लिया जाऊँगा।

हीरालाल - ऐसा कैसे हो जायेगा? हम काग़ज़ात तैयार कर लेते हैं। इन पर गवाहों के दस्तखत हो जायेंगे। डिप्टी साहब का आडर करवाने मान्यवर सेठजी जायेंगे और मैं भी अपनी रिपोर्ट लगा दूँगा।

वहीं, शतरू के आँगन की पत्थरों की दीवार के ऊपर बैठ कर पटवारी ने सेठ की ओर से मामले को ख़त्म कर देने की अर्जी के काग़ज़ात तैयार किये। उन पर शिकायतकर्ता सेठ और गवाहान सब ने अपने-अपने हस्ताक्षर किये।

उन सबके उस घर से निकलने से पहले दिगम्बर सिंह ने अपनी बात कही।

- बेटा शतरू, अब तू जैसा ठीक समझे वैसा कर, पर यह बात याद रखना कि पूरे गाँव की रक्षा करने का भार अब तेरे ऊपर है। उस बाघ को तू अकेला जा कर मार ले चाहे किसी और तोपची को साथ ले कर दोकला जा, तेरी मर्ज़ी।

❐

दुश्मन मौके पर कल ही चला गया था। उसने मौका मुआइना किया। मौके के लिहाज़ से, बाघ ने हमला कहाँ से किया होगा, वह कहाँ छुपा रहा होगा - इस बात पर दुश्मन ने विस्तार से और कई-कई बार विचार किया था। बाघ को और शिकारी को अपने काम को अंजाम देने से पहले कोई-न-कोई छुपने की जगह तलाश कर लेनी होती है। खेत लम्बा-चौड़ा था और समतल भी था। शान्ति बुढ़िया का खेत, जिसमें शाम के वक़्त काम करने के बाद वह धारा से पानी लेने की बात सोच कर, वहाँ से अपने घर की ओर चली गयी थी। उसने गाय को वहाँ अकेला छोड़ दिया था। घास चर लेने के बाद गाय ख़ुद ही घर पहुँच जायेगी। गाँव के दूसरे गोरू वन से लौट कर उस खेत के किनारे अपने घरों की ओर आते दिखाई देंगे तो गाय भी उनके झुण्ड के साथ हो लेगी। उस खेत में दूर से, या कि खेत की मेड़ों के बाहर से, सामने की ओर से चल कर आता हुआ बाघ गाय

को नहीं दबोच सकता था। सामने से आने पर गाय उसे देखते ही चौंक उठती और पूँछ उठा कर भाग खड़ी होती।

❑

इस ख़तरनाक बाघ से अब दुश्मन ही लोगों के जीवन की रक्षा कर सकता है। लोगों को मालूम है कि सूबेदार साहब भी कलकत्ते से रिटायर हो कर घर लौट आये हैं। बाघ का शिकार उन दोनों को मिल कर करना चाहिए। गाँव-बस्ती में कई लोग ऐसे हैं, जो ऐसा भी सोच रहे हैं।

और वह ऐसी बात थी, जो आम लोगों के तय करने की नहीं थी। फिर भी शतरू के पास कई लोगों ने अपने मन की बात खोल कर कह दी थी।

सूबेदार साहब बड़े थे। उम्र के हिसाब से और रिश्ते-रुतबे में भी। धन-मान-प्रतिष्ठा के लिहाज़ से तो दुश्मन की और उनकी कोई तुलना ही नहीं की जा सकती थी। ज़िन्दगी भर बन्दूक चलाते रहे। गोली चलाने का उनका तजुरबा भी दुश्मन से हर हालत में ज़्यादा था। दुश्मन को अपनी क्षमता पर कोई शंका नहीं थी। अब तक अपनी ज़िन्दगी में वह तीन बाघों को मार चुका था। दो पशुभक्षी बाघ और एक नरभक्षी बाघिन।

❑

उसे पूरा भरोसा था कि वह रात में अपने शिकार की लाश पर पहुँच जाने वाले बाघ को मार गिराएगा। आज की रात बाघ लाश पर ज़रूर आयेगा। शतरू बाघों की रग-रग पहचानता है। बाघ का कायदा है कि वह अपने द्वारा मारे गये शिकार पर, सही समय पर आता है। सही समय माने रात के मौके पर। ऐसे निर्विघ्न, शान्त मौके पर जब किसी शिकारी की उसपर नज़र न पड़ सके। गाय को उसने दिन रहते ही मार गिराया था। उस वक़्त वह बस्ती के लोगों को झाँसा देने में सफल हो गया था। बाघ को वह जगह बहुत अच्छी तरह याद रहती है, जहाँ पर शिकार करने के बाद वह अपनी मड़ी को छोड़ आता है। उस मामले में उससे कोई भूल नहीं हो सकती। समय के अन्तर का, दिन के खुलने या रात पड़ जाने का उसके लिए कोई महत्व नहीं होता। ठीक उसी जगह पर, अपने सु-निश्चित ठिकाने पर पहुँचेगा बाघ। उसे रास्ता मालूम है। उसके दिमाग़ के अन्दर कुल ठिकानों के नक्शे बने रहते हैं। उसके दिमाग़ में खिंचे हुए नक्शे कभी गड़बड़ा नहीं सकते। मरगदने की रेखाएँ सीलन भरी आलमारियों के अन्दर दीमकों की फ़ौज की मार सहते सरकारी काग़ज़ात में भले ही मिटने या धूमिल पड़ने लगें, बाघ के दिमाग़ में वे हरगिज़ धूमिल नहीं हो सकतीं। इस घाटी की कुल राहें, कुल जंगल, सभी तरह के जल-श्रोत, वृक्षावलियाँ, छोटी से छोटी चीज़ों के नक्शे उसके दिमाग़ में कायम और अमिट रहते हैं। ख़ुदा-ना-ख़ासता उसकी मौत हो जाने की सूरत में उसकी सन्तानों के दिमाग़ में प्रतिस्थापित हो जाती हैं उन अन्तहीन नक्शों की पतली फिल्मों की परतें। स्थायी तौर

पर। उन्हें पता रहता है उनके पुरखों ने क्या-क्या देखा था। कितना कुछ देखा था। उनके पुरखे कहाँ-कहाँ विचरण करते थे, कहाँ पानी पीते थे, कहाँ आराम करते थे। बाघ अपनी सन्तान को अपने देखे हुए स्थलों का अपनी ज़ुबान खोल कर कोई विवरण नहीं दे सकता। लेकिन उसकी सन्तान उसके किसी अनुभव से कभी वंचित नहीं रह सकती। अपने पुरखों के ज्ञान, उनके कुल अनुभवों का लेखा-जोखा, उनकी सन्तान होने के सबब कायम रहता है, नयी पीढ़ी के दिमाग़ की तहों के भीतर।

बाघ-कुल के, पशु-कुल के, पक्षियों के कुल के इस तरह के अनेक भेद तोपची दुश्मन को मालूम हैं। लेकिन उसके अपने तोपची बाप ने अपने जीवन में जो अनुभव हासिल किये, उनके बारे में किसी भी किस्म की, हर चीज़ की जानकारी उसे दूसरे लोगों से हासिल करनी पड़ती है। वह मनुष्य का बेटा है। और मनुष्य अपने ज्ञान को, अपने अनुभवों को मरते वक़्त अपने साथ ले कर चला जाता है। उसकी सन्तान को अपने पुरखों का ज्ञान कुदरती तौर पर हासिल नहीं हो पाता। उसे खोज करनी पड़ती है, शोध का सहारा लेना होता है। इस मामले में मनुष्य प्रकृति की सबसे कमज़ोर कृति है।

वह बाघ अब मौके पर और ज़्यादा सतर्क हो कर प्रवेश करेगा। बहुत सावधान हो कर आयेगा। वह सचेत रहता है कि अबकी बार जब वह अपनी मड़ी के पास जा रहा है, उसकी फ़िराक में इधर-उधर कहीं तोपची भी मौजूद हो सकते हैं। बाघ सब कुछ जानता है। सब चीज़ें समझता है। उसे तोपचियों को झाँसे में रखते हुए अपने किये शिकार के माँस का भक्षण करना है। बाघ ने गाय को इसलिये मारा कि उसे अपनी भोज्य सामग्री के रूप में इस्तेमाल कर सके। भोजन की ज़रूरत के लिए मारा। यों ही मार देना और मार कर फेंक देना, मार कर चले जाना, उसे भूल जाना और फिर कभी उसके पास न आना, बाघ का ऐसा कायदा नहीं होता। मारा और भूल गये। मारने के बाद वहाँ से ग़ायब। रफ़ूचक्कर। यह आदमियों का स्वभाव होता है। इन तमाम चीज़ों के बारे में, बाघ के स्वभाव के बारे में, उसके साहस के बारे में, उसके कायदों के बारे में दुश्मन को भी पूरी-पूरी जानकारी रहती है। अनपढ़, अँगूठा-छाप दुश्मन। बाघ कब आयेगा और किस दिशा से आ सकता है। आने से पहले वह उसके आसपास किसी शिकारी के होने या न होने की कितनी सावधानी से, किस तरह की छानबीन करेगा। मड़ी के पास पहुँच जाने पर उसका माँस खाने की तैयारी करने से पेश्तर कितनी बारीकी से उसका निरीक्षण करेगा। उस मड़ी पर और कुछ भी करने से पहले बाघ इस बात की जाँच करेगा कि उसपर किसी मनुष्य का हाथ तो नहीं लगा है। उसपर मानुष-गन्ध सूँघने लगेगा। अगर उसे किसी और ने नहीं छुआ है तो वह सुरक्षित भोजन है। बाघ को शिकार की रग-रग के बारे में ज्ञान रहता है। और दुश्मन को बाघ की रग-रग के बारे में ज्ञान रहता है। अपने उसी ज्ञान के आधार पर वह बाघ पर, उसकी शक्ति पर, उसकी फुर्ती पर हावी हो कर उसे मार गिरा सकता है। वह बाघ को अकेला रहते हुए ही मारता आया है। अकेला ही मारने में सक्षम है।

उसकी क्षमताओं के जानकार कई पाखा-वासियों ने भी उसे धीरे-से सुझाया है कि वह सूबेदार साहब को अपने साथ ले ले।

लोग जोर दे रहे हैं तो सूबेदार काका को साथ लेने में कोई हर्ज नहीं। एक के बजाय दो हो जायेंगे।

सूबेदार से सलाह करने वह उसके घर की ओर चल दिया।

दुश्मन ने बात शुरू की।

- काका, आज रात में वह बाघ आयेगा मड़ी के पास।

कुछ देर तक चुप रहने के बाद सूबेदार ने सवाल ठोका।

- कै बजे आयेगा वह बाघ?

- रात में आयेगा काका।

अपने फ़ोर्स के अन्दाज़ में, एक ऑफीसर की तरह, हिम्मतसिंह दुश्मन पर सवाल पर सवाल दाग़ने लगा है। वह यह भी जानना चाहता था कि दुश्मन को बन्दूक चलाने के बारे में कितना कुछ आता है।

- रात तो एक गोल चीज़ हो गयी। रात में माने करीब कै बजे? घड़ी के टाइम से ठीक-ठीक?

- बजे के बारे में तो कुछ नहीं बताया जा सकता काका। कभी भी आ सकता है। ऐसे टैम पर आयेगा जब वह समझेगा कि इस बगत मेरी जान को कोई खतरा नहीं हो सकता।

उसके बाद वे दोनों बाघ को मारने की तरतीब के बारे में सलाह-मशविरा करने लगे। हिम्मतसिंह के पास ट्वैल्व बोर की राइफ़ल थी। वह अन्दर के कमरे से उस राइफ़ल को बाहर ले आया। दुशमन ने अपने हाथ में ले कर उस ख़ूबसूरत, चमकीले हथियार को देखा।

- यह बन्दूक तो बड़ी ज़बर्दस्त मार करती होगी काका?

- इसकी मार से कोई बच नहीं सकता।

- इस पर बारूद भी नहीं भरनी पड़ती?

- बारूद भरने की ज़रूरत नहीं पड़ती। इस पर तो कारतूस इस्तेमाल होते हैं शतरू। एक बार फ़ायर करो, बोल्ट को ढीला करो, कारतूस का खाली खोखा बाहर निकालो और फिर दूसरा कारतूस दाखिल कर दो। सेकण्ड के अन्दर फिर फ़ायर करो और जितनी बार चाहो खाली खोखे बाहर निकालते रहो और फ़ायर करते चलो।

- लेकिन बाघ तो उतना मौका नहीं देता काका। पहले ही फ़ायर पर होता है पूरा दारोमदार।

- तुम फ़ायर कहाँ से करते हो?

- बाघ के धोरे पहुँच कर, एकदम नज़दीक से।

- मचान कितनी ऊँचाई पर बनाते हो? कितनी दूरी पर?

- मैंने तो काका, कोई मचान नहीं बनाया आज तक।

- हैं? मचान नहीं बनाता? तब?

- तब ऐसा करता हूँ ज़मीन पर खड़ा हो जाता हूँ और मौका देख कर उसपर गोली चला देता हूँ।

- और जो बाघ चला आये वहाँ, जहाँ से तुम उसपर निशाना साध रहे हो?

- बाघ मेरे पास तक नहीं आ सकता काका। मेरी गोली कभी धोखा नहीं देती। मैंने अब तक तीन बाघ मारे हैं। दो बाघ और एक बाघिन।

- टॉर्च कितना बड़ा रहता है तेरे पास? कितने सैल्स का है? कितनी दूरी तक लाइट मारता है?

- मेरे पास तो कोई टॉर्च नहीं है काका।

- कोई टॉर्च नहीं है? तब उजाले के बग़ैर अँधियारे में तू शूट कैसे करता है शतरू?

- उसपर रोशनी डाली जायेगी तो बाघ या तो मौके से भाग खड़ा होगा या लपक कर उस तोपची पर ही हमला कर बैठेगा जहाँ से उसपर उजाला फेंका जा रहा है।

- बहुत अजीब बात बता रहे हो दुश्मन।

- ऐसा ही होता है काका।

- मैं भी चलूँ तेरे साथ?

- वह तो बहुत अच्छी बात होगी काका। इसीलिये तो मैं तुम्हारे पास आया हूँ।

- एक मचान बनवा लेंगे वहाँ पर। आज तू भी वहीं से शूट कर लेना।

- मैं ज़मीन पर से ही गोली चला लूँगा काका। तुम्हारे लिये बनवा लेंगे मचान।

- ठीक है।

- काका, मचान ऐसे बनना चाहिए कि बाघ को उसके बारे में कोई पता न चल सके।

- मड़ी से दूर?

- हाँ, मड़ी से दूर भी और उसके आस-पास की झाडियों या पेड़-पौधों को नुकसान पहुँचाए बग़ैर।

- नहीं तो क्या होता है?

- पहले से ही चौकन्ने बाघ के चेत जाने का खतरा रहता है।

- चेत जाने पर क्या करेगा?

- वहाँ से भाग खड़ा होगा या दुबके हुए, घात लगा कर बैठे शिकारी पर नज़र पड़ते ही उसपर हमला कर बैठेगा।

वे दोनों, सूबेदार हिम्मतसिंह और शतरू उस घर से निकल कर मौके पर जा पहुँचे। मड़ी से कुछ दूरी पर बहुत औसत ऊँचाई का एक खड़ीक का पेड़ खड़ा था। उससे कुछ और दूरी पर, पीछे की ओर पहाड़ था, जिसके सीने पर झाड़-झंखाड़ खड़े थे। ख़ूब घने झाड़-झंखाड़। हिम्मत सिंह ने मजदूर बुलवा कर, शतरू के बताने के मुताबिक, उस घने गाछ के बीच एक काफ़ी ऊँचा मचान बनवा लिया। छलाँग लगा

कर बाघ किसी भी हालत में उसके ऊपर नहीं पहुँच सकता। उसके ऊपर का हिस्सा इतना लम्बा-चौड़ा बनवाया गया कि वहाँ चार शिकारी मज़े में बैठ सकें या एक शिकारी आराम से लेट सके।

मचान के ठीक तरह से तैयार हो जाने के बाद बहुत ख़ुश हो कर हिम्मत सिंह उसके ऊपर जा बैठा। वहाँ से बहुत अभिमान के भाव से उसने नीचे खड़े शतरू और उस वक़्त वहाँ पर मौजूद दूसरे लोगों की ओर देखा। अपने उस उच्चासन से उसने एक सार्वजनिक घोषणा की।

- आज अपनी ज़िन्दगी में पहली बार मैं किसी जानवर पर अपनी रायफल तानूँगा।

नीचे खड़े लोग उस बात का सही मतलब निकाल सकें, उससे पहले उसने अपनी बात पूरी की।

- और यह पहला मौका होगा कि मैं लेट कर शूट करूँगा।

सुनने वालों ने उसकी बातें सुन लीं लेकिन किसी ने भी जवाब नहीं दिया। कुछ भी नहीं कहा। उसे लगा कि लोग उसकी बात का असली मतलब नहीं समझ पा रहे हैं।

तब सूबेदार हिम्मत सिंह ने, उन नासमझ देहातियों को समझाने के लिहाज़ से अपनी बात खोल कर कही।

- हम ठहरे फ़ोर्स वाले लोग। हमें तो खड़े-खड़े, ठाँय-ठाँय शूट कर देने की आदत पड़ी रहती है। और जंगली जानवरों से हमारा कभी वास्ता नहीं पड़ता।

❐

शतरू ने सूबेदार को रात पड़ते ही मौके पर आ जाने को कह दिया था।

अपनी आदत के अनुसार सूबेदार हिम्मत सिंह बताए गये समय से कुछ पहले ही अपनी तैनाती की जगह पर हाजिर हो गया था। प्रसन्नचित्त। वह वैसे ही उत्साहित लग रहा था जैसे कोई बालक किसी मेले-नुमाइश में या किसी मन-पसन्द जगह की सैर-पिकनिक पर जाते हुए उमंग से भर उठता है। बावर्दी। धुली हुई, टेलर के हाथों प्रेस की हुई खाकी शर्ट और पैन्ट। शर्ट के ऊपर गर्म जैकेट। सर पर खाकी रंग का मोटा, सोलापिट हैट। और पाँवों में चमड़े के लाँग बूट, जिन्हें पालिश करके ख़ूब अच्छी तरह चमकाया गया था। वैसे ही जैसे जनरल परेड के मौके पर, या किसी ऑफीसर के सामने पेश होने से पहले उन्हें चमकाया जाता था। मौका लगेगा तो साले बाघ को इस बूट की ठोकर ही ठोकर से मार कर ज़मीन पर बिछा दूँगा।

❐

जाड़ों का मौसम। वहाँ पहुँचते ही फ़ौजी अन्दाज़ में खम्भे के ऊपर चढ़ कर वह मचान के ऊपर जा बैठा। थोड़ी देर तक वैसे ही बैठा रहा। वहाँ से उसने अपने सामने दिखाई दे रही बस्ती का, उसमें मौजूद चलते-फ़िरते इक्का-दुक्का लोगों का और दूर तक फैली

हुई सँकरी, ख़ूबसूरत घाटी का पूरा नज़ारा लिया। हालाँकि अब रात उन सब पर अपनी चादर फैलाने लगी थी और उस धुँधलके में चीज़ें ज़्यादा साफ़ नज़र नहीं आ रही थीं। कुछ देर तक वह घाटी के बीच छुई मुई की तरह बहते जा रहे मरगदना को ही देखता रह गया। आजकल उसके पानी के प्रवाह से कोई आवाज़ नहीं सुनाई देती। किसी तरह की हरकत किये बग़ैर, वहाँ पर निश्चेष्ट बैठे रहना उसे पसन्द नहीं आ रहा था। लेकिन उस वक़्त उसके पास बैठे रहने के अलावा और कुछ करने को था ही नहीं। उसे अपने आप को हरकत में लाने के लिए एक अपरिचित, किन्तु अभिन्न शत्रु, बाघ की पदचाप की ज़रूरत महसूस होने लगी थी। कुछ देर बाद हवा चलने लगी और उसे ठण्ड भी महसूस होने लगी। उस वक़्त उसे अपनी ओर से रह गयी कुछ कमियों का अहसास होने लगा। उसे घर से एक मोटा कम्बल साथ ले आना चाहिए था। कम्बल ले आया होता तो मज़ा आ जाता। थरमस के अन्दर चाय भी लायी जा सकर्ा थी। वक़्त काटने के लिए दो-चार बिस्कुट। शतरू का साथ न होता तो उसने इन सब चीज़ों का इन्तज़ाम ख़ुद ही कर लिया होता। लेकिन जब कोई दूसरा आदमी भी साथ में हो तो उसके कहने के मुताबिक चलना पड़ता है। उसकी बात का भी मान रखना पड़ता है। असल में शतरू जैसे लोग ज़िन्दगी का असली मज़ा लेना जान ही नहीं सकते। इसमें शतरू का कोई दोष नहीं। उस बेचारे गरीब ने ज़िन्दगी में देखा ही क्या है? मैंने उससे बहुत साफ़ तरीके से पूछा था

'- और किसी चीज़ की ज़रूरत पड़ सकती है शतरू?

' - और किसी चीज़ की ज़रूरत नहीं काका। बस तुम ज़रा ठीक टैम पर आ जाना।

'एक कम्बल, चाय से लबालब एक थर्मस इन तमाम चीज़ों का उस शतरू को कोई ख़याल ही नहीं आया उस वक़्त। इन चीज़ों का ख़याल उसे आ भी नहीं सकता था। जब विलायत से ब्रिटेन के राजकुमार या शाही खानदान के दूसरे आला मेहमान हमारे देश भारत में आते हैं और कहीं शेर की शूटिंग पर निकलते हैं और उनके लिए मचान बनाए जाते हैं या उन्हें हाथी की पीठ पर बैठाया जाता है तो कितनी-कितनी चीज़ें अरेंज की जाती हैं उनके लिए? उनके लिए किसी भी चीज़ की कमी नहीं रहने दी जाती। मेरी तरह सिर्फ़ एक रायफल साथ में ले कर तो नहीं चढ़ जाते ब्रिटेन के राजकुमार किसी मचान के ऊपर? शतरू की जगह किसी फ़ोर्स का कोई रिटायर्ड जवान होता तो मज़ा आ जाता। तब बात ही कुछ और होती। सोच-सोच कर एक-एक चीज़ की गिनती करते हुए पहले ही लिस्ट बना ली होती उसने। किसी चीज़ की कमी नहीं रहने देता। सब कुछ अरेंज करके आया होता। मेरे यहाँ आने से पेश्तर हर चीज़ को लिस्ट के हिसाब से चैक करके भेज दिया होता। तब इस मचान पर बैठने में सचमुच पिकनिक का लुल्फ़ आ गया होता। अब एक बार इस मचान के ऊपर पहुँच जाने के बाद तो कुछ भी किया नहीं जा सकता। बोर हो कर चुपचाप इसी तरह बैठे रहने के अलावा अब और कोई उपाय नहीं।'

❑

कुछ देर के बाद हाथ में अपनी भरवा बन्दूक थामे, नंगे पाँव, दुश्मन भी वहाँ आ पहुँचा। चुपचाप। वह आया और, बग़ैर कुछ बोले-बतियाये खड़ीक के पेड़ की आड़ में खड़ा हो गया। किसी भूत-मसाण की तरह। अपने हाथ में ली हुई बन्दूक उसने बहुत हौले से पेड़ के तने से टिका कर ज़मीन पर खड़ी कर दी। इतनी सावधानी से कि कहीं खट्ट तक न हो। हिम्मतसिंह को उसका उस तरह आना और मौके पर अपनी आमद की कोई रिपोर्ट किये बग़ैर, किसी भी तरह की कोई-सी बात किये बग़ैर, खड़ा हो जाना बहुत अखरने लगा। बहुत नागवार गुजरा। जैसे कोई अपरिचित हो या कि दुश्मन। 'घमंड में चूर लग रहा है, जो इस तरह बग़ैर कोई बात किये, बग़ैर बताए कि काका, मैं भी पहुँच गया हूँ, पेड़ के पीछे छुप गया है? असल में ये सिविलियंस बहुत मामूली-मामूली कायदे से भी वाकिफ़ नहीं होते।'

काफ़ी देर पहले से मचान पर बग़ैर कोई हरकत किये यों ही, अकेले, खाली बैठे-बैठे सूबेदार का मन अकुताने लगा था। राइफ़ल को वह कभी अपने बायीं ओर रखता, कभी वहाँ से उठा कर फिर से दाहिनी ओर ले लेता। कई बार उसने उसे हाथ में उठा कर पोजीशन लेते हुए मड़ी पर निशाना साधने की प्रैक्टिस भी की थी। उसने एक बार फिर से वह बेसिक फ़ार्मूला भी याद किया था -फ़ोर साइट की नोक, बैक साइट की यू, यू के बीचो-बीच, दोनों कंधों की ऊँचाई के बराबर, निशाने के ठीक छः बजे। कुछ-न-कुछ करते रहने से बदन भी चुस्त-दुरुस्त रहता है। उसने कल्पना की कि धीमे, सधे हुए, नपे-तुले कदमों से मार्च करता हुआ बाघ मड़ी के पास चला आया है। आने के बाद वह ज़मीन पर बैठ गया है। बहुत निश्चिन्त हो कर वह गाय का माँस खाने लगा है, हड्डियाँ चबाने लगा है। बाघ का पूरा ध्यान मड़ी पर केन्द्रित है। वह खाने में मस्त हो गया है। अपने चारों ओर किसी भी दिशा की तरफ, कहीं इधर या उधर वह देख ही नहीं रहा है। हिम्मत सिंह ने बहुत धीरे से, किसी भी तरह की हड़बड़ी के बग़ैर राइफ़ल अपने सीने के नीचे दबा ली है। कारतूस उसकी दोनों नालों के अन्दर उसने बहुत पहले ही भर दिये थे। बाघ के सर को बुल की आई मानते हुए सही निशाना साधा। और तब अपनी तर्जनी का हल्का-सा इशारा करते हुए उसने निशाने के ठीक छः बजे फ़ायर कर दिया है-ठाँय। गोली सीधे बाघ के माथे पर जा लगी है। गोली के लगते ही चक्कर काटने के बाद ज़मीन पर लोटने लगा है बाघ। जख्मी बाघ के बेबस लोटते हुए बदन पर एक फ़ायर और। पाखा गाँव के समस्त निवासियों ने गोलियों के चलने की आवाज़ सुन ली हैं। रात के सुनसान मौके पर वे आवाज़ें पूरी घाटी में गूँज उठी हैं। चारों दिशाओं में अपने घरों के भीतर कपाटों को बन्द करके बैठे या सो रहे लोगों को पता लग गया है कि सूबेदार साहब ने बाघ को मार गिराया है।

❑

दिन ख़त्म हो चुका था लेकिन रात अभी सही लग रही थी। अँधेरा बहुत तेज़ी से घना होता जा रहा था। घनी हो रही रात के उस वातावरण के बीच अपने अकेलेपन को काटने और बर्दाश्त न होने वाली 'बोरियत' मिटाने के लिए उसने अपने को तरोताज़ा करने की कोशिश की। जेब से सिगरेट का पैकेट निकाला। पैकेट के अन्दर से एक सिगरेट बाहर खींची। उसे ओठों के बीच फँसा लेने के बाद सिगरेट के पैकेट को वापस पॉकेट में दाखिल किया। तब माचिस की डिबिया बाहर निकाली। एक हाथ से डिबिया को पकड़ कर दूसरे हाथ के अँगूठे से उसका आधा ढक्कन बाहर की ओर धकेला। ढक्कन के बाहर निकल आये हिस्से के अन्दर एक-दूसरे से सट कर जमा हुई तीलियों की ढेरी के बीच से अँगूठे और तर्जनी को आपस में मिलाते हुए उसने एक तीली बाहर खींची। अधखुले ढक्कन को फिर से अन्दर ढकेल कर डिबिया को कायदे से बन्द किया। तब उसने तीली के बारूद-बुझे सिरे को डिबिया से रगड़ा। अचानक रगड़े जाने पर तीली पर चौतरफ़ा चिपकी बारूद जल उठी। वहाँ एक लौ प्रकट हुई। दाहिने हाथ में थामी हुई उस जलती तीली को वह अपने मुँह के करीब ले गया। वहाँ ओठों के बीच में दबी सिगरेट के बाहर निकले हुए हिस्से के आख़िरी सिरे से उसने धैर्यपूर्वक उस लौ को छुआया और अपने बन्द मुँह से भीतर की ओर एक साँस खींची। सिगरेट सुलग उठी। उसके मुँह के अन्दर कसैला धुआँ भर गया। वह स्वाद उसे अच्छा लगता है। बहुत प्यारा स्वाद। वह उसका आदी हो चुका है। मुँह के अन्दर से धुआँ बाहर फेंकने से पहले उसने एक लम्बा कश और लिया। एक छोटा-सा अग्निबिन्दु अंधकार को चीरने लगा। तब अपने बन्द मुँह को ज़रा-सा खोल कर दोनों होंठों को बाहर की ओर लम्बाई में गोल करते हुए उसने धुएँ की एक लट आकाश की ओर हवा में लहराई। फिर जलती हुई तीली को हलके हाथ से मचान से नीचे की ओर हवा में छिटका दिया और माचिस की बन्द डिबिया को अपनी जेब के हवाले कर दिया।

- काका। सिगरेट नहीं।

सिगरेट नहीं! नो स्मोकिंग। ज़मीन पर खड़ा शतरू उसे हुक्म दे रहा है। उसे ज़मीन पर नंगे-पाँव खड़े शतरू का आदेश सुनना पड़ रहा है। जैसे कि शतरू उस का कोई ऑफ़ीसर हो। मार्शल लॉ लगा रहा है एकदम। मन में आया कि जरा पूछ लूँ तू कौन होता है ऐसा हुक्म जारी कर देने वाला। तब तक शतरू ने, बहुत धीमी आवाज़ में, अपनी बात को साफ़ करने के लिहाज से कहा।

- बाघ चौकन्ना हो जायेगा।

'अच्छा! यह बात है। तो अब मुझे बाघ के न आ जाने तक इस सिविलियन तोपची की बातें मानती रहनी पड़ेंगी।

'एक मुसीबत यह भी है कि बाघ भी सिविलियन होता है। हमारे घोड़ों–खच्चरों–डॉग्स के स्क्वाड्स की तरह वह किसी फ़ोर्स का मेम्बर नहीं होता। वह किसी फ़ोर्स का एनिमल

होता तो इस वक़्त मुझे इस तरह की बातें न सुननी पड़तीं। तब मैं कमाण्ड देता और यह उसका पालन करता।'

- कहीं दूर से देख रहा होगा वह बाघ?

—काका, अब हमें यहाँ कोई आवाज़ भी नहीं निकालनी चाहिए।

अच्छा! कोई भी आवाज़ नहीं निकालनी चाहिए! फिर वही बात। हुक्म सुनाने पर तुला है।

बहुत धीमी, फुसफुसाहट की जैसी आवाज़।

—ख़ामोश। एकदम ख़ामोश। अब वह किसी भी समय आ सकता है।

आ सकता है तो आ जाये न? कौन रोक रहा है उसे आने से? यह तो अपनी ही हाँकता जा रहा है।

आ जायेगा तो इस मचान के ऊपर वह मेरा क्या बिगाड़ लेगा? आ जायेगा तो देख लेंगे उसे भी। और बेटे शतरू। तू चाहे मेरे साथ कितनी ही बेअदबी से पेश आये? मैं तुझे भी मरने नहीं दूँगा। तुझे अपनी बराबरी पर, भीटे की ज़मीन पर अकेला खड़ा देख कर वह बाघ तुझ पर हमला करने लपकेगा तो मैं उसे मज़ा चखा दूँगा। मचान पर मेरे कायम रहते तुझे कोई फिकर करने की ज़रूरत नहीं।

मैं हूँ ना!

उस बाघ को तो मैं ख़ुद ही देख लूँगा।

वह आ गया है।

उसे देख लेने का ख्वाहिशमन्द सूबेदार हिम्मतसिंह एकटक उसी को देखने लगा है।

ह्या ऽ ऽ ह्या ऽ ऽ ह्या ऽ ऽ ह्या ऽ ऽ

मचान के ऊपर बैठ कर वह बाघ पर नजरें गड़ाए है।

—ह्या ऽ ऽ ह्या ऽ ऽ ह्या ऽ ऽ ह्या ऽ ऽ।

उस के दिल की घड़कनें अचानक बढ़ चली हैं, बहुत तेज़ हो गयी हैं।

—ह्या ऽ ऽ ह्या ऽ ऽ ह्या ऽ ऽ ह्या ऽ ऽ ।

उस का पूरा चेहरा एक तरफ़ को हो गया है। उसे अपना दिल फटता हुआ-सा मालूम हो रहा है।

—ह्या ऽ ऽ ह्या ऽ ऽ ह्या ऽ ऽ ह्या ऽ ऽ

उस के फटे हुए गले से इकहरी, कातर, ऊल-जलूल आवाज़ें निकलने लगी है।

—ह्या ऽ ऽ ह्या ऽ ऽ ह्या ऽ ऽ ह्या ऽ ऽ

वें आवाज़ें सिर्फ़ शतरू को सुनाई दे रही हों ऐसी बात नहीं है। मड़ी की ओर जा रहे बाघ ने भी अपने चौकन्ने कानों से उन्हें सुन लिया है। साफ़-साफ़ सुन लिया है। वही आवाज़ें, दिल थाम कर उस खेत के अन्तिम छोर पर बने घर के बारामदे में बैठे हुए ऐंठा सेठ के बेटे सेठ श्रीधरप्रसाद के कानों के अन्दर छेद करती हुई, वहाँ भी प्रवेश करने

लगी हैं। और उस नये ठिकाने से भी वैसी ही आवाज़ें बाहर निकलने लगी हैं। उसी रूप में बाहर निकलने लगी हैं।

—ह्या ऽ ऽ ह्या ऽ ऽ ह्या ऽ ऽ ह्या ऽ ऽ

फटे हुए कंठों के भीतर से लगातार फूटती जा रही बेबस, ऊलजलूल आवाज़ें।

—ह्या ऽ ऽ ह्या ऽ ऽ ह्या ऽ ऽ ह्या ऽ ऽ

—ह्या ऽ ऽ ह्या ऽ ऽ ह्या ऽ ऽ ह्या ऽ ऽ

नेगियों की बस्ती में जाग रहे लोगों की समझ में नहीं आ रहा है कि रात के मौके पर सुनाई दे रही ये फटी हुई आवाज़ें किस के गले से निकलती जा रही हैं। सूबेदार हिम्मत सिंह को बघ्वा लगा है कि यह श्रीधरप्रसाद है, जो अपने होशो-हवाश गवाँ बैठा है और —ह्या ऽ ऽ ह्या ऽ ऽ ह्या ऽ ऽ ह्या ऽ ऽ करने लगा है।

आवाज़ों से चौकन्ना हो उठे बाघ ने मड़ी की ओर जाने के बजाय अपना रुख़ हिम्मत सिंह के मचान की ओर कर दिया है। उस आवाज़ की ओर जो उसे अपने से करीब लग रही है।

मचान पर बैठा हुआ शिकारी ज़रा भी होश में नहीं हैं। बाघ के अपनी ओर लपकते चले आने का उसे कोई ज्ञान नहीं। कोई अहसास ही नहीं।

—ह्या ऽ ऽ ह्या ऽ ऽ ह्या ऽ ऽ ह्या ऽ ऽ

उसके सीने से दबी, हाथ में थमी, मचान से बाहर की ओर निकली हुई बन्दूक मचान से फिसल कर नीचे जा गिरी है। शतरू ने उसके नीचे गिर जाने की आवाज़ भी सुन ली है। शतरू को आभास हो गया है मचान से नीचे क्या चीज़ गिरी है।

—ह्या ऽ ऽ ह्या ऽ ऽ ह्या ऽ ऽ ह्या ऽ ऽ

बाघ को बन्दूक दरकार नहीं। बाघ के लिए उस बन्दूक का कोई उपयोग नहीं। वह अपने जबड़े और नाख़ूनों से ही काम चला लेगा। उस के पास वही हथियार रहते हैं। वही हथियार काफ़ी होते हैं। लेकिन पेड़ की आड़ में ज़मीन पर खड़ा शतरू उसे इतना मौका नहीं देगा। आख़िरी फ़ैसले की घड़ी आ गयी है। उस तरफ़ या उस तरफ़।

मचान की दिशा में लपकते हुए चौकन्ने, चपल बाघ की नज़र ज़मीन पर खड़े तोपची पर भी पड़ गयी है। बाघ की नज़र! एक पल में आधी दुनिया का जायज़ा ले लेने वाली नज़र। एक पल बीतने से पेश्तर उसने अपना रुख़ बदल दिया है। अब उसका निशाना मचान नहीं रहा। निशाना बदल गया है। पहला हमला उस पर, जो अपने सबसे करीब हो। रुख़ बदल कर वह शतरू की ओर लपकता चला आ रहा है। पहले इस को ही ठीक कर लूँ। तीन छलाँगें। ठीक तीन छलाँगें और। सिर्फ़ तीन आक्रमणकारी छलाँगों के बाद वह पेड़ के पास हाथ में बन्दूक उठाए, ख़ामोशी में खड़े तोपची के बदन को दबोच लेगा। .ख़तरनाक तोपची, जिसके गले से कोई आवाज़ें नहीं आ रही हैं।

ठाँय।

गोली लपकते हुए बाघ के सर पर लगी है। सर पर लगी अकेली गोली ने बाघ को ज़मीन पर लुढ़का दिया है। गोली से भी ज़्यादा तेज़ी से शतरू वहाँ से पीछे की ओर भाग चला। मचान के नीचे ज़मीन पर गिरी हुई रायफल को उसने अपने हाथों में उठा लिया। अपनी बन्दूक को ज़मीन पर रखा। फुर्ती से एक बार फिर पीछे की ओर घूमा। ज़मीन पर लोट रहे बाघ के बदन पर ठाँय-ठाँय दो फ़ायर और। तब रायफल को, उस पर लगे फीते के सहारे, उसने कन्धे पर लटका दिया और अपनी बन्दूक हाथ में थामे किसी बन्दर की तरह लपकता हुए मचान के ऊपर जा पहुँचा।

—ह्या ऽ ऽ ह्या ऽ ऽ ह्या ऽ ऽ ह्या ऽ ऽ

—ह्या ऽ ऽ ह्या ऽ ऽ ह्या ऽ ऽ ह्या ऽ ऽ

हिम्मत सिंह के मुँह से और कोई आवाज़ नहीं निकल रही है।

—काका! बाघ को गोलियाँ लग गयी हैं। होश में आओ काका। बाघ मर रहा है काका।

हिम्मत सिंह के काँपते हुए बदन को हिला-हिला कर, झकझोरते हुए शतरू उसे होश में लाने की कोशिशें करने लगा है।

—ह्या ऽ ऽ ह्या ऽ ऽ ह्या ऽ ऽ ह्या ऽ ऽ —ह्या ऽ ऽ ह्या ऽ ऽ ह्या ऽ ऽ ह्या ऽ ऽ

—काका! बाघ को गोलियाँ लग गयी हैं। बाघ मर रहा है काका।

उस दिन के बाद शतरू जब भी शिकार पर जाता है, अकेला जाता है और किसी को अपने साथ नहीं ले जाता।

❒

अपने बिस्तर पर लेटे-लेटे शतरू ने फ़ैसला किया कि इस वक्त मुझे सो जाना चाहिए। सुबह जल्दी उठना पड़ेगा। और गाँव के किसी भी आदमी-औरत के जागने से पहले , किसी और के दिशा-फिराकत के लिए गाँव की बटिया पर पहुँचने से भी पेश्तर, बस्ती से बाहर निकल जाना चाहिए। इस वक्त जल्दी नहीं सो पाया तो नींद पूरी नहीं होगी और जंगल में पहुँच जाने पर आँखें दर्द करने लगेंगी।

वहाँ, जंगल में आकाश में घूम रहे सूरज के सिर के ऊपर सरक आने के उपरान्त पथरीले लाके में धूप चमकने लगेगी तो उनींदी आँखें दर्द के कारण ठीक तरह से काम नहीं कर पाएँगी। आँखें, जिनको ऐन मौके पर महत्वपूर्ण फर्ज़ अन्जाम देना होता है। देखना और देखना और देखना और पलकों को झपकाए बग़ैर यों देखते रहना कि शिकार नज़रों के घेरे में कैद हो जाय। दाहिने हाथ की तर्जनी की मार्ग-दर्शक, उसको अन्तिम आदेश देने वाली आँखें —फ़ा य र।

एक छोटी-सी, गहरी, आरामदायक नींद। उन आँखों की हिफ़ाज़त करने के लिए, उनकी सलामती के लिए।

नहीं। उसके दिल की आँखें कुछ और ही निर्देश दे रही हैं। आज, वह इस रात के अपने घर पर खुलने का इन्तज़ार नहीं कर सकता। उसे इसी वक्त निकल जाना चाहिए। शिकारी के लिए रात के कोई मायने नहीं होते। और अपनी बन्दूक से सिर्फ़ निहत्थे मनुष्यों को मारने में माहिर एक अकेले बन्दूकची की बुज़दिली के कारण वह अपनी बिरादरी से बिछुड़ा, एकल–भक्षी तोपची बन कर नहीं रहेगा। उसे अपनी नयी पीढ़ी को साथ ले कर चलना होगा। तभी उनका भविष्य उज्ज्वल हो सकेगा।

दुश्मन बिस्तर से उठ गया। संदूक के पीछे से उसने अपनी बन्दूक को बाहर खींचा और उसे हाथ में ले कर घर से निकल पड़ा।

उसने बेदू के दरवाज़े पर दस्तक दी - बेदू। मेरे साथ चल बेदू। हमें इसी वक्त निकल जाना होगा। रात के खुलने से पहले हम जंगल में कोई शिकार कर लेंगे।

आध-नींद से जगा बेदू ख़ामोश और हैरान।

–तू ऐसा कर, सिरी को भी बुला ला। उसे भी साथ ले लेंगे। आज की रात जो डार से बिछुड़ेगा उसे हम घेर लेंगे। और अब से आगे तुम दोनों हमेशा मेरे साथ रहोगे।

ठीक है।

हम रात के खुलने का इन्तजार नहीं कर सकते बेदू। सूरज के घोड़े हम से पीछे छूट जायेंगे। इस रात को आज हम खोलेंगे।

□□